Die drei !!!

Fußballstar in Gefahr

Henriette Wich, 1970 in Landshut geboren, studierte Germanistik und Philosophie und arbeitete als Lektorin in verschiedenen Kinderbuchverlagen. Danach hat sie sich einen großen Traum erfüllt: selber zu schreiben. Heute ist sie erfolgreiche Autorin zahlreicher Kinder- und Jugendbücher.

Die drei !!!

Fußballstar in Gefahr

Erzählt von Henriette Wich

Deutscher Taschenbuch Verlag

Weitere ›Die drei !!!‹-Bände
sowie das gesamte lieferbare Programm von dtv junior
und viele andere Informationen
finden sich unter www.dtvjunior.de

MIX
Papier aus verantwortungsvollen Quellen
FSC® C019821

Ungekürzte Ausgabe
2014 Deutscher Taschenbuch Verlag GmbH & Co. KG,
München

Umschlagkonzept: Balk & Brumshagen
Umschlagbild: Beate Fahrnländer
Gesetzt aus der Stone Informal 11/14˙
Gesamtherstellung: Druckerei C. H. Beck, Nördlingen
Gedruckt auf säurefreiem, chlorfrei gebleichtem Papier
Printed in Germany · ISBN 978-3-423-71583-6

Fußballstar in Gefahr

Fußballalarm

»Ja, ich weiß, ich bin zu spät!« Kim rauschte mit hochrotem Kopf ins *Café Lomo* und warf sich stöhnend aufs Sofa.

»Falls es dich interessiert«, sagte Marie, während sie ungeduldig mit ihren frisch lackierten Fingernägeln auf ihre pinkfarbene Armbanduhr tippte, »es sind genau 25 Minuten und 40 Sekunden.«

Franzi sah Kim vorwurfsvoll an. »Wir dachten schon, du hast uns vergessen und kommst gar nicht mehr zum Clubtreffen.«

»Natürlich hab ich euch nicht vergessen!«, protestierte Kim. Dass ausgerechnet ihr das passieren musste, wo sie doch nichts mehr hasste als Unpünktlichkeit – megapeinlich! »Tut mir total leid«, sagte sie, »aber es ging wirklich nicht früher.« Sie winkte der Bedienung und bestellte ein großes Wasser, um nach dem unfreiwilligen Sprint ihren mörderischen Durst zu löschen.

»Was ist passiert?«, fragte Marie, die wie immer von Kopf bis Fuß perfekt gestylt war. Zum lilafarbenen Minikleid trug sie einen breiten Gürtel aus weichem Leder und schwarze Leggings. »Hast du einen Sechser im Lotto oder hast du einen neuen Fall für *Die drei !!!* an Land gezogen?«

»Weder noch.« Kim nahm ein paar große Schlucke Wasser und seufzte. »Leider! Wisst ihr eigentlich, dass wir jetzt schon über sechs Monate keinen neuen Fall hatten? Wenn das so weitergeht, können wir unseren Detektivclub bald dichtmachen.«

»Nach 23 erfolgreich gelösten Fällen?«, fragte Franzi. »Kommt nicht infrage! Wir müssen nur ein bisschen Geduld haben, das ist alles.«

So ernst hatte Kim es natürlich nicht gemeint. Ein Leben ohne den Detektivclub konnte sie sich überhaupt nicht mehr vorstellen. Inzwischen waren die drei !!! richtige Profis. Mit ihrer Erfahrung und ihrer tollen Detektivausrüstung hatten sie bereits zahlreiche Betrüger, Erpresser, Einbrecher und Schmuggler überführt. Manchmal hatte Kommissar Peters, ein Freund von Maries Vater, ihnen dabei geholfen, aber die Hauptarbeit hatten sie immer ganz alleine geschafft.

»Geduld allein reicht nicht!« Dankbar griff Kim Franzis Stichwort auf. So konnte sie geschickt vom Thema ablenken. »Wir müssen dringend etwas unternehmen. Ich hab mir auch schon was überlegt: Wir könnten Anzeigen aufgeben, im Internet und in den Schülerzeitungen unserer Schulen, zum Beispiel mit einer abgewandelten Version unserer Visitenkarte.« Sie holte eine Karte aus ihrer Hosentasche und legte sie auf den Tisch.

Marie runzelte die Stirn. »Ich weiß nicht. Haben wir so was nötig? Wir sollten lieber die Augen offen halten und unserem Bauchgefühl vertrauen. Oder eine Bestellung beim Universum aufgeben.«

Franzi tippte sich mit dem Zeigefinger an die Stirn. »Vergiss es! So einen Quatsch mache ich bestimmt nicht.«

»Ich glaube auch nicht daran, dass das funktioniert«, sagte Kim. In Wirklichkeit fand sie Maries esoterische Experimente ziemlich unheimlich, egal ob es um Gläserrücken, Tarotkarten oder Hexenzaubersprüche ging. Irgendwas Wahres war nämlich doch immer dran.

Marie zuckte beleidigt mit den Schultern. Dann sagte sie zu Kim: »Du bist aber pessimistisch drauf heute! Jetzt erzähl endlich, warum du zu spät gekommen bist. Ich finde, wir haben ein Recht darauf, es zu erfahren.«

Kim zögerte. Sollte sie ihren Freundinnen die volle Wahrheit sagen? Normalerweise vertraute sie solche Dinge nur ihrem Geheimen Tagebuch an, das sie neben dem Detektivtagebuch führte. Fürs Erste musste die halbe Wahrheit reichen.

»Heute ist echt nicht mein Tag«, seufzte Kim. »Die Schule war ätzend, ich hab zwei fette Pickel bekommen und meine heiß geliebten Zwillingsbrüder haben sich ein neues Schimpfwort für mich ausgedacht: Statt Planschkuh nennen sie mich jetzt Streuselmonster.«

Franzi verkniff sich ein Grinsen. Kim war wirklich geschlagen mit Ben und Lukas. Die 10-jährigen Jungs waren die reinsten Nervensägen. Im Vergleich dazu hatte Franzi mit ihrer 16-jährigen Zickenschwester Chrissie das große Los gezogen.

Marie nippte an ihrem *Kakao Spezial* mit Vanillearoma, dem absoluten Lieblingsgetränk der drei !!!. Ihr Ärger auf Kim war inzwischen verflogen. »Da hilft nur eins«, schlug sie vor,

»Nervennahrung! Bestell dir doch einen Schokomuffin oder am besten gleich zwei. Ich lade dich ein. Mein Vater hat mir heute ein Extrataschengeld spendiert.«

Als Hauptkommissar Brockmeier in der beliebten Vorabendserie *Vorstadtwache* verdiente Helmut Grevenbroich so gut, dass er seine einzige Tochter auf Händen tragen konnte.

Kim schüttelte den Kopf. Normalerweise wurde sie bei Süßigkeiten sofort schwach. Die brauchte sie auch als Kopf des Detektivclubs, damit sie konzentriert nachdenken oder am Computer komplizierte Recherchen durchführen konnte. Doch heute war ihr der Appetit vergangen.

Marie und Franzi tauschten einen besorgten Blick. Wenn Kim freiwillig auf ihren Schokomuffin verzichtete, musste mehr dahinterstecken als der übliche Zoff mit den Zwillingen.

Franzi legte den Arm um Kim. »Wir sind doch nicht blind, Kim. Dir geht es nicht gut. Komm, lass es raus!«

Das war zu viel für Kim. Plötzlich musste sie ihre Wut loswerden. »Ich war sogar überpünktlich heute und wollte gerade los, da hat Michi angerufen, obwohl er genau wusste, dass ich mit euch verabredet bin, und ...« Sie konnte nicht weiterreden, weil sie nach Luft schnappen musste.

»Und deswegen bist du schlecht drauf?« Marie zog ihre linke Augenbraue hoch. »Michi ist doch sonst dein Garantieschein für gute Laune.«

Das stimmte tatsächlich. Die drei !!! hatten Michi Millbrandt bei ihrem ersten Fall kennengelernt und Kim hatte sich Hals über Kopf in ihn verliebt. Seit einiger Zeit war sie mit ihm zusammen und immer noch glücklich wie am ersten Tag (abgesehen von einer kurzfristigen Beziehungsflaute – aber die zählte nicht). Nur heute hätte Kim Michi auf den Mond schießen können, so sauer war sie auf ihn.

»Habt ihr euch gestritten?«, bohrte Franzi nach. Es war mehr eine Feststellung als eine Frage.

»Und wie! Ich sag nur eins: Fußball!« Kim verdrehte genervt die Augen.

Sie hoffte auf Zustimmung und Mitleid bei ihren Freundinnen, doch Marie zuckte nur mit den Schultern. »Was erwartest du? Es ist WM, da sind natürlich alle Jungs im Fußballfieber.« Zum Beweis drehte Marie sich um und zeigte auf den großen Fernseher, den der Besitzer des Cafés extra für die WM installiert hatte. Vor dem Flachbildschirm drängelte sich ein Dutzend Jungen und verfolgte gebannt die Berichterstattung. Gerade lief ein Interview mit einem berühmten Fußballer aus Brasilien.

Kim gähnte demonstrativ. Wie man um so einen langweiligen Sport einen solchen Wirbel veranstalten konnte, war ihr völlig schleierhaft. Auch die vielen Deutschlandfahnen überall fand sie übertrieben. Selbst hier im *Café Lomo*, neben ihrem Hauptquartier der Lieblingstreffpunkt der drei !!!, steckten kleine Fähnchen in den Vasen auf den Tischen und die Papiertischdecken hatten ein Fußballmuster.

Franzi grinste. »Übrigens sind nicht nur die Jungs im Fußballfieber. Seit die WM angefangen hat, hab ich kein einziges Spiel verpasst.« Kim hätte es sich eigentlich denken können! Sport war Franzis große Leidenschaft. Sie spielte zwar selbst nicht Fußball, skatete aber oft mit Benni und ritt in jeder freien Minute auf ihrem Pony Tinka. Und sie konnte hervorragend klettern. Damit hatte sie Marie und Kim schon oft aus brenzligen Situationen gerettet.

»Also ich finde, du solltest das Ganze nicht überbewerten«, sagte Marie. »Sobald die WM vorbei ist, kannst du mit Michi wieder über andere Themen reden.«

Kim fuhr sich entrüstet durch die kurzen braunen Haare. »Ihr versteht mich nicht. Michi hängt nicht nur vorm Fernseher ab. Beim Endspiel Deutschland-Brasilien will er unbedingt zum Public Viewing im Schillerpark. Von mir aus könnte er da gerne mit seinen Kumpels hingehen, aber er besteht darauf, dass ich mitkomme.«

»Super Idee!«, rutschte es Franzi heraus und Marie klatschte so begeistert in die Hände, dass das silberne Bettelarmband an ihrem linken Handgelenk klirrte.

Kim starrte ihre beiden Freundinnen fassungslos an. »Das meint ihr jetzt nicht ernst, oder?«

»Mensch, Public Viewing ist doch spitze!« Marie warf ihre langen blonden Haare schwungvoll nach hinten. »Coole Party, Megastimmung, jede Menge durchtrainierter Spieler auf dem grünen Rasen und Flirten ohne Ende. Das ist die perfekte Mischung!«

»Klar«, knurrte Kim und verschränkte beleidigt die Arme vor der Brust. Marie dachte wieder mal nur an sich. Seit sie ihren Liebeskummer wegen Holger erfolgreich überwunden hatte, flirtete sie mit jedem gut aussehenden Jungen, der ihr über den Weg lief. Dabei setzte sie hemmungslos alle Tricks ein, die sie in ihren Schauspielstunden gelernt hatte.

Franzi boxte Kim freundschaftlich in die Seite. »Ich finde, Marie hat recht. Public Viewing wird dir gefallen. Das ist wie bei einem Popkonzert. Im Fernsehen versteht man nicht, warum die Fans so ausrasten, aber wenn man live dabei ist, lässt man sich sofort anstecken von der Wahnsinnsbegeisterung.«

»Begeisterung«, sagte Kim. »Über einen lächerlichen Ball, der hin und her geschoben wird.« Sie konnte es nicht glauben, dass Marie und Franzi nicht auf ihrer Seite waren.

»Wie hast du eigentlich auf Michis Vorschlag reagiert?«, fragte Marie neugierig.

Kim presste die Lippen aufeinander. »Ich hab natürlich Nein gesagt. Michi fand das leider gar nicht lustig. Er meinte, das ist voll ungerecht. Entweder habe ich wegen unseres Detektivclubs keine Zeit für ihn oder wir unternehmen etwas, das ich vorgeschlagen habe.«

»Hmm ...«, machte Franzi. »Irgendwie kann ich ihn schon verstehen. In einer Beziehung muss jeder mal Kompromisse machen. Willst du es dir nicht noch mal überlegen? Michi würde sich bestimmt riesig freuen.«

Auf einmal wurde Kim unsicher. War sie vor lauter Wut zu weit gegangen? Ihr fiel ein, wie enthusiastisch Michi geklungen hatte, als er ihr von seiner Idee erzählt hatte. Er wollte seine Begeisterung mit ihr teilen, er wollte ihr um den Hals fallen, wenn Deutschland ein Tor schoss oder vielleicht sogar Weltmeister wurde. Das war eigentlich sogar ganz süß von ihm. Hatte sie einen Fehler gemacht?

»Ich weiß nicht …«, murmelte Kim. Sie hatte immer noch keine Lust auf Fußball, aber ihre Wut war plötzlich weg. Im Grunde war es total albern, sich wegen so einer Kleinigkeit mit Michi zu streiten.

»Was hältst du davon, wenn Franzi und ich mitkommen?«, schlug Marie vor. »Oder noch besser: Wir gehen als drei Pärchen hin: Du mit Michi, Franzi mit Benni und ich mit Adrian!«

Franzi wurde rot. »Benni und ich sind schon ewig nicht mehr zusammen. Wir sind Skaterkumpel, mehr nicht.« Dass sie trotzdem überglücklich war, dass Benni keine neue Freundin hatte, musste sie Kim und Marie ja nicht auf die Nase binden. Sonst fingen sie gleich wieder mit ihren schlauen Beziehungstipps an.

»Klar, wissen wir alles«, winkte Marie ab. »Adrian und ich sind ja auch kein Paar. Er ist bloß mein Nachbar und leider schon 18, aber er sieht immer noch verdammt gut aus. Zufällig hab ich neulich erfahren, dass er sich nicht nur für seine Schauspielschule interessiert, sondern auch für Fußball. Das sollten wir ausnutzen. Mit Freunden macht das Ganze doch gleich viel mehr Spaß.«

Jetzt war auch Franzi Feuer und Flamme. »Au ja! Mensch, komm, Kim, spring über deinen Schatten! Du wirst es nicht bereuen. Und wer weiß, vielleicht wartet ja beim Public Viewing ein neuer Fall auf uns?«

Kims letzter Widerstand schmolz dahin. Sie ließ ihre Freundinnen noch kurz zappeln, aber dann musste sie lachen. »Okay, okay, ihr habt mich überredet. Ich rufe Michi an.«

»Jaaa!«, jubelten Marie und Franzi.

Gleichzeitig grölten die Jungs vor dem Bildschirm: »Jaaa, wir werden Weltmeister, das ist klaaar!«

Kim ließ sich in die weichen Polster des Sofas zurücksinken und zückte ihr Handy. Dann legte sie es wieder auf dem Tisch ab. »Wartet! Vorher muss ich noch dringend was anderes tun.« Sie gab der Bedienung ein Zeichen und rief laut: »Einen Schokomuffin, bitte!«

Überraschung beim Finale

Kim hatte sich auf große Menschenmengen gefasst gemacht, doch der Ansturm beim Public Viewing verschlug ihr den Atem. Der Schillerpark platzte aus allen Nähten. Dicht an dicht standen die Fans nebeneinander und immer noch mehr Leute strömten von allen Seiten herbei. Am liebsten wäre Kim sofort wieder umgedreht, aber das konnte sie Michi nicht antun. Sie reckte den Kopf, um nach Franzi und Marie Ausschau zu halten. Rufen hatte keinen Sinn, weil sie gegen die Sprechgesänge der Fans und die Musik aus den großen Lautsprechern sowieso nicht ankam.

»Und ich dachte, wir sind früh dran«, brüllte Kim Michi ins Ohr. »Das Spiel geht doch erst in anderthalb Stunden los.«

»Keine Sorge!«, brüllte Michi zurück. »Ich hab uns einen tollen Platz organisiert. Komm mit!« Er griff nach Kims Hand und lotste sie durch die Menge hinüber zu den Biertischen unter den Kastanien. Dort war es etwas ruhiger und es roch verführerisch nach Grillwürstchen, Pommes und

Popcorn. Kim lief das Wasser im Mund zusammen.

Endlich hatten sie sich erfolgreich durchgeboxt. Michi wechselte ein paar Worte mit einem der Organisatoren und schon saßen sie auf einer Bank, die einen tollen Ausblick auf die Großleinwand hatte.

»Na, was sagst du?«, fragte Michi stolz. »Für deine Freundinnen und ihre Freunde ist natürlich auch noch Platz.«

»Super, danke!« Kim schmiegte sich an Michis starke Schulter. Wie aufgekratzt er war und wie lieb er sich um alles gekümmert hatte, total süß! Kim merkte, wie ihre Anspannung nachließ. Vielleicht wurde der Abend ja doch nicht so schlimm.

»Hi, hier sind wir!«, rief Franzi. Sie hatte Benni, Marie und Adrian im Schlepptau und winkte mit ihrem Fanschal. »Die Plätze sind für uns? Michi, du bist ein Schatz!« Sie ließ sich auf die Bank fallen, um im nächsten Augenblick gleich wieder aufzuspringen und bei einem Sprechgesang mitzugrölen.

Kim hielt sich lachend die Ohren zu. »Sonst geht's dir schon noch gut, oder?«

»Klar doch!«, rief Franzi.

Marie grölte zwar nicht mit, war aber mindestens genauso gut drauf wie Franzi. Für das große Finale hatte sie sich die Deutschlandfahne auf die rechte Wange geschminkt und ein sportliches Outfit in den Nationalfarben ausgewählt: schwarze Hose, rotes T-Shirt und als i-Tüpfelchen einen goldenen Seidenschal. Alle naselang zupfte Marie an ihrem Schal herum, während sie sich von Adrian die Abseitsregel erklären ließ und ihm dabei tief in die Augen sah.

»Wer hat Lust auf Würstchen?«, fragte Benni.

»Ich, ich, ich!«, riefen alle im Chor.

Benni grinste. »Geht klar. Ich hol welche.« Geduldig reihte er sich in die lange Schlange vor dem Grill ein. Adrian kümmerte sich inzwischen um die Getränke.

Bald hatte jeder eine Cola und einen Pappteller vor sich. Kim tunkte ihr Würstchen in den Senf und fütterte Michi damit. Er bedankte sich für jeden Bissen mit einem Kuss, der jedes Mal einen Glücksschauer bei Kim auslöste. Sie vergaß alles um sich herum und schwebte auf Wolke sieben.

»Und, was ist euer Tipp?«, fragte Adrian in die Runde.

»Zwei zu eins für Deutschland!«, sagte Michi wie aus der Pistole geschossen.

Bennis Augen leuchteten auf. »Ich glaube auch an unsere Mannschaft. Wetten, wir gewinnen sogar drei zu eins?«

»Ich weiß nicht«, unkte Adrian und schüttelte bedächtig den Kopf. »Die Brasilianer sollte man nie unterschätzen. Erinnert ihr euch noch an die WM 2002? Und an die von 1994, mit dem Elfmeterschießen?«

»Klar!«, sagte Michi. »Aber damals war das doch ganz was anderes ...« Er fing eine heiße Diskussion mit Benni und Adrian an, in der alle drei über Details aus der WM-Geschichte fachsimpelten und sich gegenseitig mit ihrem Wissen übertrumpften.

Kim stöhnte laut auf, doch eigentlich fand sie es gar nicht so schlimm. Während die Unterhaltung der Jungs an ihr vorbeirauschte, bewunderte sie Michis Profil: seine dunkelbraunen Haarsträhnen, die ihm ins Gesicht fielen, seine wunderschönen blaugrünen Augen und die süßen Sommersprossen auf der Nase.

Franzi und Marie tauschten sich inzwischen über die attraktivsten Spieler aus. Sie konnten sich absolut nicht einigen, welcher Brasilianer nun die knackigsten Oberschenkel hatte, doch plötzlich verstummten sie gleichzeitig und starrten in dieselbe Richtung.

»Was ist denn los mit euch?«, fragte Kim verwundert.

Franzi starrte mit offenem Mund einen braun gebrannten, muskulösen, etwa 16-jährigen Jungen an, der mit einem breiten Lächeln auf ihren Tisch zusteuerte. Der Typ sah verdammt gut aus, das musste Kim zugeben, aber deshalb mussten Franzi und Marie doch nicht gleich in Schockstarre verfallen.

»Hi Kumpel!«, rief der Junge und klopfte Michi auf die Schulter. »Schön, dich mal wiederzusehen.«

»Hi!« Michi sprang auf und strahlte. »Mensch, Bastian! Wie geht's, wie steht's?«

»Gut geht's mir«, sagte Bastian. »Sorry, dass ich auf deine letzte Mail nicht geantwortet habe! Ich hatte ziemlich viel um die Ohren.«

Michi winkte ab. »Kein Problem, das hab ich mir schon gedacht, bei deinem Erfolg. Gratuliere! Freut mich total. Aber du warst ja schon damals in der Schule der absolute Crack.«

Kim verstand nur noch Bahnhof. Warum verschlangen Franzi und Marie diesen Bastian mit den Augen und warum verstummten plötzlich alle Leute um sie herum? Schnell beugte sich Kim zu Franzi hinüber und raunte ihr ins Ohr: »Wer ist denn das?«

»Sag bloß, du kennst Bastian Jahn nicht«, raunte Franzi zurück, »den Newcomer im 1. FC?«

Kim zuckte mit den Schultern. »Nö, wieso?« Franzi musste doch langsam wissen, dass sie sich nicht für Fußball interessierte.

Jetzt schaltete sich Marie ein und klärte Kim im Flüsterton auf: »Er ist *der* Nachwuchsstar unserer Stadt, super Mittelstürmer. Hat bereits das Trainingslager zum Länderspiel mitgemacht. Bastian gehört zum weiteren Kreis der U17-Mannschaft, die nächstes Jahr bei der Junioren-WM teilnehmen wird.«

Kim fiel aus allen Wolken. Bastian war ein Fußballstar? Und Michi kannte ihn? Davon hatte er ihr nie erzählt!

»Lange her, was«, sagte Bastian gerade, »dass wir zusammen die Schulbank gedrückt haben?«

»Ewigkeiten her«, bestätigte Michi. »Wir müssen uns unbedingt mal wieder treffen, falls du überhaupt Zeit hast bei deinen vielen Terminen.«

Bastian nickte. »Gern, ich trainiere in den nächsten Wochen mit der U17-Mannschaft sowieso hier in der Stadt. Und zum Abschluss gibt es ein Freundschaftsspiel gegen den 1. FC.«

Ringsumher wurden die Sprechchöre der Fans immer lauter. Sogar Kim als Fußball-Laie konnte daran erkennen, dass das Finale bald losging.

»Habt ihr noch einen Platz für mich frei?«, fragte Bastian.

»Klar!«, sagte Michi. »Setz dich zu uns, wir rutschen zusammen. Das ist übrigens meine Freundin Kim.«

Bastian schenkte Kim ein strahlendes Lächeln. Seine blauen Augen, die einen tollen Kontrast zu seinen schwarzen Haaren bildeten, blitzten schelmisch auf. »Freut mich sehr! Michi hat schon von dir geschwärmt. Toll, dass ich dich endlich kennenlerne.«

»Äh ... ja ... t...toll«, stotterte Kim völlig perplex. Auch davon hatte Michi ihr nie was erzählt. Sie musste nachher ein ernstes Wörtchen mit ihm reden.

Bastian sah wirklich umwerfend gut aus und er war auch noch supernett. Er setzte sich und begrüßte Franzi, Benni, Marie und Adrian wie alte Freunde. Keine Spur von Starallüren. Kim musste sich eingestehen, dass sie die neidischen Blicke der Leute am Nachbartisch genoss.

Jetzt ging es aber wirklich los. Die Spieler liefen, jeder ein Kind an der Hand, auf den Platz und reihten sich auf. Ein Ruck ging durch die Menge im Schillerpark und Kim stand automatisch auf. Als die Nationalhymne erklang, drückte Michi ihre Hand ganz fest und plötzlich hatte Kim einen Kloß im Hals. Alle Zuschauer im Schillerpark sangen mit. Auch Kim stimmte mit ein. Auf einmal war sie ein Teil all dieser Menschen und fühlte sich ihnen nah, obwohl sie die meisten gar nicht kannte. Bevor sie sich darüber wundern konnte, kam der Anpfiff. Der deutsche Spielmacher eroberte den Ball. Ein gezielter Pass, und schon ging es rasant aufs gegnerische Tor zu. Eine Flanke vom linken Verteidiger, Torchance für den Stürmer – Schuss! Der Ball sauste auf die rechte Torecke zu – die Fans tobten –, der Ball ging an den Pfosten.

»Oooouh!«, hallte es durch die Reihen der Fans.

Bastian stöhnte: »Mann, war das knapp!«

Michi presste wieder Kims Hand. »Das nächste Mal klappt es, ich spür es.«

»Klar!«, sagte Kim und strahlte Michi an. Plötzlich fieberte sie auch mit. Das schnelle Tempo auf dem Rasen faszinierte sie. Beide Mannschaften kämpften um jeden Ball, beide wollten unbedingt Weltmeister werden. Und Kim wollte jetzt auch unbedingt, dass Deutschland gewann.

»Danke, dass ihr mich überredet habt!«, rief sie ihren Freundinnen zu.

Marie streckte beide Daumen nach oben, doch Franzi reagierte nicht. Sie war viel zu sehr damit beschäftigt, Bastian anzuhimmeln. Erst ein Mal hatte Kim einen solchen Glanz in Franzis Augen gesehen, damals in England, als sie sich Hals über Kopf in den Sohn ihrer Gastfamilie verliebt hatte.

Die Mannschaften hielten das hohe Tempo bis zur Halbzeit. Für beide Seiten gab es mehrere Torchancen, doch es blieb beim 0 : 0. Als der Abpfiff zur Pause kam, gingen sofort die heißen Diskussionen los. Was für ein tolles Finale, was für eine starke deutsche Nationalmannschaft!

Jetzt mussten sie in der zweiten Halbzeit nur noch eins drauflegen.

Bastian war voll in seinem Element. Er gestikulierte mit Händen und Füßen und unterhielt den ganzen Tisch mit seinen Insiderinfos und Prognosen für die zweite Halbzeit. Franzi hörte ihm mit offenem Mund zu. Benni neben sich hatte sie völlig vergessen, sie hatte nur noch Augen für Bastian.

Kim musste grinsen, da unterbrach Bastian plötzlich seinen Redeschwall und zwinkerte ihr zu. »Bevor ich es vor lauter WM vergesse: Michi hat erwähnt, dass du einen Detektivclub hast?«

»Äh ... ja, stimmt«, sagte Kim. »Zusammen mit Marie und Franzi.« Sie zeigte auf ihre Freundinnen, die sofort eifrig nickten.

Bastian pfiff durch die Zähne. »Cool! Und ihr seid richtig erfolgreich, hab ich gehört.«

Marie war schneller mit der Antwort als Kim. Lächelnd spielte sie mit einer Haarsträhne und sagte selbstbewusst: »Oh ja, das sind wir.«

Langsam wurde Kim das Ganze unheimlich. Sie warf Michi einen vorwurfsvollen Blick zu, doch der grinste nur.

»Und, habt ihr gerade viel zu tun?«, erkundigte sich Bastian bei Franzi.

Franzi starrte ihn mit großen Augen an. Sie machte den Mund auf, um zu antworten, brachte aber kein Wort heraus. Kim räusperte sich.

»Natürlich haben wir immer was zu tun, aber zurzeit haben wir keinen aktuellen Fall. Warum fragst du?«

»Nur so«, sagte Bastian. Ein Schatten huschte über sein eben noch strahlendes Gesicht. Er sah sich schnell um, als hätte er Angst, dass jemand mithörte, doch dann lächelte er wieder. »Ist nicht so wichtig.« Er klatschte in die Hände und stimmte in den Sprechchor der Fans mit ein.

Kim spürte auf einmal ein Kribbeln im Bauch. Brauchte Bastian etwa die Hilfe der drei !!!? Allein der Gedanke daran, dass *Die drei !!!* vielleicht bald einen neuen Fall haben könnten, versetzte Kim in Hochstimmung. Sie musste Bastian unbedingt ihre Visitenkarte geben. Leider kam sie vor der zweiten Halbzeit nicht mehr dazu.

Die kraftraubende erste Hälfte hatte die Spieler erschöpft. Jetzt wirkten die Ballwechsel unkonzentriert. Das wollten die Fans im Stadion nicht zulassen. Immer wieder feuerten sie die deutsche Nationalmannschaft an. Auch im Schillerpark rissen die Sprechchöre nicht ab. Und endlich setzte die Wirkung ein. In der 71. Spielminute gaben alle Fußballer noch mal richtig Gas. Ein Angriff aufs Tor jagte den nächsten. Jetzt waren die Brasilianer dran, jetzt wieder die Deutschen. 80. Spielminute: Heftiger Kampf um den Ballbesitz, wieder ein Vorstoß zum brasilianischen Tor.

Kim wurde schon beim Zusehen schwindelig. 85. Spielminute. Da, jetzt hatte der deutsche Spielmacher den Ball zurückerobert! Pass nach rechts, noch ein Pass vom linken Verteidiger, der Ball flog dem Stürmer direkt vor die Füße. Er rannte los, tunnelte den Ball durch die Füße des Torwarts und …

»Tor!!!«, brüllte Michi und zog Kim mit hoch.

»Tor, Tor, Tor!«, brüllte Kim zusammen mit den anderen Fans. Aber das Spiel war noch nicht vorbei. Die letzten fünf Minuten und die Nachspielzeit kamen Kim wie eine halbe Ewigkeit vor. Ihre Kehle wurde trocken, ihre Hände fingen an zu schwitzen. Endlich die Erlösung, der Abpfiff und die sich überschlagende Stimme des Kommentators: »Deutschland ist Weltmeister!«

Michi fiel Kim um den Hals. »Ja, ja, ja! Wir sind Weltmeister.« Er lachte und strahlte und bedeckte Kims Gesicht mit Küssen. Eine Glückswelle überrollte Kim. Sie jubelte und lachte mit den Fans. Der Schillerpark tobte. Freudentaumel, Begeisterung, überall strahlende Gesichter. Kim musste ihre Freude loswerden. Sie umarmte Michi, sie drückte Franzi, Marie, Benni, Adrian und immer wieder Michi. Plötzlich spürte sie Bastians starke Arme auf ihren Schultern. Er drückte ihr zwei Küsschen auf die Wangen. Kim lachte ihn an. Es war, als würde sie ihn schon ewig kennen.

Da drehte sich Bastian zu Marie um, umarmte sie stürmisch und fiel gleich danach Franzi um den Hals. Ihr gab er sogar drei Küsschen. Franzi schwankte. Kim konnte sie gerade noch festhalten, damit sie nicht in Ohnmacht fiel. Dann drängten von allen Seiten Fans dazu. Kim kam aus den Umarmungen gar nicht mehr heraus. Sie jubelte und schrie sich heiser, aber es war ihr völlig egal. Was für ein Tag! Was für ein Finale! Und sie war mittendrin! Die Euphorie schien gar nicht mehr aufzuhören. Erst nach einer halben Stunde verebbte sie ein bisschen.

Bastian klatschte Michi ab. »Tut mir leid, aber ich muss los. Die Kumpels vom Team warten auf mich.«

»Klar«, sagte Michi, »mach's gut!« Kim merkte, dass er kurz enttäuscht war. Andererseits verstand er natürlich, dass Bastian mit den Spielern der Juniorenmannschaft feiern wollte.

»Ich melde mich bei dir, versprochen!«, rief Bastian. Er drehte sich zu Kim, Franzi und Marie um und schenkte ihnen ein letztes strahlendes Lächeln. »War nett mit euch.«

Franzi himmelte ihn stumm an, Marie wusste ausnahmsweise auch nichts zu sagen, nur Kim fiel ein, dass sie das Wichtigste beinahe vergessen hätte. »Warte!«, rief sie und streckte Bastian die Visitenkarte der drei !!! hin. »Falls du mal Hilfe brauchen solltest, Anruf genügt und wir sind für dich da.«

Wieder lief ein Schatten über Bastians Gesicht. »Lieb von dir, aber mir geht's gut. Ich brauche keine Hilfe.« Schnell steckte er die Visitenkarte ein und dann war er auch schon in der Menge der jubelnden Fans verschwunden.

Franzi starrte ihm nach und murmelte: »Bastian, süßer Bastian ...« Sie berührte mit zitternden Fingern ihre Wangen an den Stellen, wo Bastian sie geküsst hatte, und seufzte: »Ich wasche mich nicht mehr, *nie*, *nie* mehr ...«

Kim rümpfte die Nase. »Bitte nicht! Sonst musst du beim nächsten Clubtreffen zu Hause bleiben. Übrigens denke ich, dass Bastian uns bald anruft und sich mit uns treffen will.«

Franzis Augen fingen an zu leuchten. »Du meinst, er hat einen Fall für uns? Hat er nicht gerade gesagt, ihm geht's gut?«

Kim nickte. »Ja, schon. Aber sein Gesicht dabei sah nicht danach aus.«

»Echt?« Franzi war so verknallt in Bastian, dass sie ihren detektivischen Scharfsinn kurzfristig abgeschaltet hatte.

Marie dagegen stimmte Kim sofort zu. »Das ist mir auch aufgefallen.«

Franzi sah ungläubig von einer zur anderen. Ihr Seufzer kam aus tiefster Seele. »Wär das schöööön!«

Vitamin B

Detektivtagebuch von Kim Jülich
Montag, 16:21 Uhr
Natürlich hatte ich gehofft, dass Bastian anrufen würde, aber als es tatsächlich passiert ist, gleich am Morgen nach dem Finale, wäre mir fast das Handy auf den Boden geknallt. Er braucht doch unsere Hilfe! Es geht ihm nämlich gar nicht gut, er wollte nur nicht in der Öffentlichkeit über sein Problem reden. Zu viele neugierige Augen und Ohren, hat er gemeint. Das kann ich natürlich verstehen. Die ganze Sache muss top secret *bleiben, aber das ist sowieso klar, schließlich ist er ein berühmter Fußballstar. Zum Glück haben wir ja Erfahrung mit Promis. Der Fall damals mit Nick Voss, dem Sänger der Boyzzzz, war auch ziemlich heikel. Leider wollte Bastian am Telefon keine Details erzählen, dabei platze ich fast vor Neugier. Wie soll ich das bis morgen Nachmittag aushalten? Bastian hat als Treffpunkt das Museum vorgeschlagen. Ganz schön clever von ihm. Dort sind wir ungestört, weil uns garantiert kein Fußballer über den Weg laufen wird. Viele Auto-*

grammjäger muss Bastian auch nicht fürchten, am Dienstag ist im Museum meistens tote Hose.

Jetzt muss ich mir nur noch eine halbwegs plausible Ausrede für meine Mutter ausdenken. Die wollte nämlich ausgerechnet morgen Nachmittag mit mir für die nächste Englischarbeit lernen. Wie wär's mit einer Recherche im Museum für die Schule? Das stimmt sogar fast. Ja, das ist gut!

Endlich ein neuer Fall für Die drei !!!. *Ich bin total aufgeregt! Dabei sollte ich doch nach 23 Fällen langsam ein bisschen cooler sein. Fehlanzeige! Andererseits, so schlecht ist Lampenfieber eigentlich gar nicht. Einen Adrenalinkick kann man bei den Ermittlungen immer gut gebrauchen.*

Der einzige Haken bei der Sache: Ich muss mein Fußballwissen dringend auffrischen, beziehungsweise es mir völlig neu aneignen. Sonst kann ich nicht professionell arbeiten. Außerdem will ich mich vor Bastian nicht blamieren. Das WM-Finale war ja echt toll, aber auf die blöden Fußballregeln und den ganzen Kram drum herum hab ich überhaupt keine Lust. Es hilft alles nichts, da muss ich jetzt durch!

Geheimes Tagebuch von Kim Jülich
Montag, 16:53 Uhr

Gelbe Karte für alle, die an meinen Computer gehen, um irgendwelche Spiele zu machen, und dabei »rein zufällig« auf dieses Tagebuch sto-

ßen! Ich warne euch, Ben und Lukas: Wenn ihr jetzt trotzdem weiterlest, bekommt ihr sofort die Rote Karte. Dann dürft ihr NIE mehr an meinen Computer!

Ich dachte eigentlich, ich kenne Michi. Schließlich sind wir schon ewig zusammen. So kann man sich täuschen! In all den Monaten hat Michi nie erwähnt, dass er Bastian kennt. Nach dem Finale, als er wieder halbwegs ansprechbar war, hab ich ihn sofort zur Rede gestellt. Er hat mich nur verwundert angeschaut und gemeint, er hätte gedacht, es würde mich sowieso nicht interessieren, weil ich doch nicht auf Fußball stehe. Typisch Mann! Bei einem berühmten Fußballspieler, der auch noch supergut aussieht und supernett ist, ist das ja wohl ganz was anderes. Ich glaube, Michi fand es nicht so toll, dass ich so von Bastian und seinem durchtrainierten Körper geschwärmt habe. Muss ich mir beim nächsten Mal verkneifen! Ein bisschen eifersüchtig ist Michi bestimmt auch, weil Bastian zuerst mich angerufen hat und nicht ihn. Das wollte er zwar nicht zugeben, aber ich hab es an seinen Augen gemerkt. Die kneift er nämlich immer zusammen, wenn er eifersüchtig ist. So gut kenne ich ihn dann doch, meinen süßen Michi, den coolsten, tollsten Jungen …

Gerade wurde ich unterbrochen. Ben und Lukas sind, ohne vorher anzuklopfen, in mein Zimmer gestürmt und haben mir Löcher in den Bauch gefragt wegen Bastian. Leider haben sie über den großen Bruder eines Mitschülers, der auch beim Public Viewing war, mitbekommen, dass ich Bastian kennengelernt habe. Sie wollten unbedingt ein Autogramm von ihm oder am besten gleich mehrere für ihre Freunde in der Schule. Als ob Bastian nichts Besseres zu tun hätte! Ich konnte sie nur loswerden, nachdem ich ihnen eine Tafel Nussschokolade in die Hände gedrückt habe (die letzte aus meiner eisernen Reserve!).

Jetzt schreibe ich aber endlich meinen Satz in aller Ruhe zu Ende: So gut kenne ich ihn dann doch, meinen süßen Michi, den coolsten, tollsten Jungen auf der ganzen Welt!

PS: Franzi hat es voll erwischt. Von Benni ist keine Rede mehr (der Arme tut mir richtig leid). Franzi wollte jedes einzelne Wort wissen, das Bastian zu mir am Telefon gesagt hat, und auch noch, wie er es gesagt hat. Ich mache mir ernsthaft Sorgen, ob sie ihre Gefühle rechtzeitig unter Kontrolle bekommt, bevor wir mit den Ermittlungen anfangen.

Als Kim die große Eingangshalle des Museums betrat, fühlte sie sich sofort in eine andere Zeit zurückversetzt, und das lag nicht nur an der Sonderausstellung über die Römer, die gerade lief. Es kam ihr wie gestern vor, dass die drei !!! den Fall mit den rätselhaften Tarotkarten gelöst und hier im Museum eine heiße Spur verfolgt hatten.

»Wisst ihr noch, damals bei der Kelten-Ausstellung?«, fragte Kim Franzi und Marie, während sie zur Kasse gingen, um Tickets zu kaufen. Sie hatten sich eine Viertelstunde früher verabredet und Bastian war noch nicht da.

Marie nickte. »Klar, das werde ich nie ver…«

»Wie sehe ich aus?«, schnitt Franzi ihr das Wort ab. »Sind meine Haare okay? Hab ich zu viel Wimperntusche aufgetragen?« Verblüfft sah Kim ihre Freundin an. Franzi schminkte sich so gut wie nie und ihre Frisur war ihr normalerweise völlig egal, doch heute hatte sie sich richtig aufgebrezelt: Sie trug die roten Haare offen, hatte sie mit einer Tönung aufgefrischt und grüne Wimperntusche aufgetragen, die perfekt zu ihrem eng anliegenden grünen Top passte. Die langen, schlanken Beine steckten in einer schwarzen Jeans und an den Füßen trug Franzi ausnahmsweise keine Sportschuhe, sondern Glitzersandalen. Marie nickte anerkennend. »Du siehst toll aus. Solltest du öfter machen. Ich kann dir auch gerne ein paar Tipps geben.«

»Au ja!«, rief Franzi, die bei solchen Angeboten sonst nur genervt die Augen verdrehte.

Kim stöhnte. Das konnte ja heiter werden! »Entschuldigt, wenn ich euch bei eurem Beauty-Workshop störe«, sagte sie, »aber jetzt wird es ernst. Unser Auftraggeber ist da.«

Franzi ließ einen spitzen Schrei los, schlug sich dann sofort mit der Hand auf den Mund und lief knallrot an.

»Hi!«, sagte Bastian. Er hatte seine Sporttasche lässig über die linke Schulter geworfen. In T-Shirt und kurzer Freizeithose kamen sein beeindruckender Bizeps und die durchtrainierten Beinmuskeln ziemlich gut zur Geltung. Das fiel sogar Kim auf, obwohl sie nicht in ihn verknallt war.

»Toll, dass ihr gleich Zeit für mich hattet!«, sagte Bastian.

Er löste ein Ticket bei der Angestellten hinter der Kasse, die keine Miene verzog, als er ihr zulächelte. Auch die junge Frau von der Museumsaufsicht erkannte den Jungfußballer nicht. Gelangweilt wies sie Bastian darauf hin, dass er seine Sporttasche an der Garderobe abgeben musste. Als er das getan hatte, riss sie die Karten ab und winkte die kleine Gruppe durch. Kim musste grinsen. Bastian hatte den Treffpunkt wirklich gut ausgewählt.

Gemeinsam betraten sie den ersten Raum der Sonderausstellung. Bis jetzt schienen sie die einzigen Besucher an diesem Nachmittag zu sein. In den Vitrinen lagen wertvolle Schmuckstücke aus Pompeji und am Boden war ein wunderschönes Mosaik mit Früchten und Vögeln ausgelegt. Bastian und die drei !!! taten so, als würden sie interessiert die Exponate betrachten. In Wirklichkeit waren sie mit ihren Gedanken ganz woanders. »Worum geht es denn?«, fragte Marie halblaut. »Wie können wir dir helfen?«

Bastian seufzte. »Am besten fange ich ganz von vorne an. Ich bin noch nicht lange in der Juniorenmannschaft, genauer gesagt, erst seit drei Monaten. Natürlich hab ich mich wahnsinnig gefreut. Davon hab ich schon geträumt, seit ich fünf bin. Am Anfang war auch alles ganz toll. Bis vor zwei Wochen die Sache mit den SMS anfing ...«

»Was für SMS?«, hakte Kim sofort nach.

»Von der ganz gemeinen Sorte«, sagte Bastian. »Unterstellungen, Drohungen, von einem Feigling, der seinen Namen nicht verrät.« Bastian ging weiter in den nächsten Ausstellungsraum und blieb vor einer Vitrine stehen, in der ein großes Schwert ausgestellt war. Kim hatte das Gefühl, er hätte es am liebsten gezückt und gegen seinen unbekannten Gegner gerichtet.

Franzi, die ihren neuen Schwarm bisher nur stumm angehimmelt hatte, fand jetzt endlich ihre Sprache wieder. »Was stand denn genau in den SMS?«

»Dass ich ein mieser Fußballspieler bin«, sagte Bastian. »Dass ich dauernd Fehler mache und das Niveau in der Mannschaft runterziehe. Dass ich es gar nicht verdiene, in der Juniorenmannschaft zu sein.«

»Also Mobbing«, murmelte Kim. Nichts fand sie schlimmer, als wenn jemand einem anderen in den Rücken fiel, statt die direkte Auseinandersetzung zu suchen.

Bastian machte eine kleine Pause und schluckte. »Aber die gemeinste SMS hab ich heute Morgen bekommen.« Er holte sein Handy heraus und zeigte ihnen den Text.

Du bist doch nur über Vitamin B in die Mannschaft gekommen. Ohne deinen Onkel hättest du das nie geschafft. Das weiss jeder!

Marie runzelte die Stirn. »Was hat denn dein Onkel damit zu tun?«

Bastian seufzte. »Onkel Hannes ist der Trainer der U17-Mannschaft.«

»Jetzt verstehe ich!« Kim pfiff durch die Zähne. »Dadurch bist du natürlich angreifbar. Aber dein Onkel hat dich bestimmt nicht wegen eurer Verwandtschaft in die Mannschaft geholt, oder?«

Bastian schüttelte den Kopf. »Natürlich nicht. Hannes wäre der Letzte, der mich deshalb vorziehen würde. Im Gegenteil, er hat sogar viel länger gezögert als die anderen Entscheider bei den Junioren. Er hat mich vorher auf Herz und

Nieren geprüft und im Training ist er besonders streng zu mir. Deswegen finde ich es ja auch so ungerecht.« Bei den letzten Worten war Bastians Stimme lauter geworden. Er erschrak über sich selbst und sah sich ängstlich um.

Ein Mann von der Museumsaufsicht musterte Bastian interessiert und kam neugierig herüber. Bastian zuckte zusammen, blieb aber ruhig stehen.

»Entschuldigen Sie bitte«, sagte der Museumswärter lächelnd, »kann ich vielleicht ein Autogramm haben? Mein Sohn ist ein großer Fan vom 1. FC.«

Bastian entspannte sich. »Klar, gerne.« Er zückte einen Kugelschreiber und setzte seinen Namenszug auf den Notizblock, den der Museumswärter ihm hinhielt.

»Vielen Dank! Jetzt will ich Sie nicht weiter stören. Viel Spaß noch in unserer Ausstellung!« Glücklich zog der Museumswärter ab und ließ die drei !!! mit dem Fußballstar alleine.

Bastian fuhr sich nervös durch die schwarzen Haare. »Wenn das so weitergeht, kriege ich noch Verfolgungswahn.«

Franzi sah Bastian voller Mitgefühl an. Am liebsten hätte sie ihm tröstend den Arm um die Schulter gelegt, aber das traute sie sich dann doch nicht. »Mobbing ist das Allerletzte«, sagte sie.

»Wir helfen dir. Wir finden den gemeinen Kerl, du wirst sehen. Und wir arbeiten absolut diskret.«

Bastian nickte. »Das hat Michi mir auch schon erzählt. Deshalb hab ich mich auch für euch entschieden, statt irgendeine Detektivagentur aus dem Internet rauszusuchen, die ich nicht kenne. Außerdem seid ihr so jung und gleichzeitig so professionell, dass niemand Verdacht schöpfen wird.«

Das Lob ging runter wie Öl. Marie hatte recht gehabt. *Die drei !!!* hatten es wirklich nicht mehr nötig, in Schülerzeitungen zu inserieren.

Plötzlich fiel Kim etwas ein. »Hast du schon auf die Handynummer des Absenders geschaut?«

»Klar«, sagte Bastian. »Das war das Erste. Die erscheint leider nicht auf meinem Handy.«

Marie seufzte. »Logisch. Der Absender hat sie unterdrückt. Wahrscheinlich benutzt er ein Vertragshandy und hat seine Nummer gleich beim Vetragsabschluss unterdrücken lassen.«

»Ja, das glaube ich auch«, sagte Bastian. Er ließ sich neben einer Bronzestatue des römischen Gottes Apollo auf eine Bank fallen und wirkte auf einmal so erschöpft wie nach einem mehrstündigen Zirkeltraining. »Das macht mich alles total fertig. Ich weiß nicht, was ich tun soll.«

Kim lächelte ihm aufmunternd zu. »Keine Sorge! Wir lösen den Fall. Hast du einen Verdacht, wer dir die SMS schickt?«

»Leider nicht«, antwortete Bastian. »Wir sind ein super Team. Alle halten zusammen und verstehen sich total gut. Wir wollen die Junioren-WM unbedingt gewinnen, das ist unser großes Ziel.«

Franzi hatte eine Zeit lang in einer Volleyballmannschaft mitgespielt und wusste genau, wovon Bastian sprach. »So was schweißt natürlich zusammen«, sagte sie. »Trotzdem fürchte ich, dass der Verdächtige aus dem Umfeld deiner Mannschaft kommt, wahrscheinlich ist es sogar einer deiner Teamkollegen.«

»Meint ihr wirklich?« Bastian kaute auf seiner Unterlippe herum. »Klar, ihr habt völlig recht. Ich kann es mir nur überhaupt nicht vorstellen, das heißt, ich *will* es mir lieber nicht vorstellen.«

»Wir fangen sofort mit den Ermittlungen an«, versprach Kim. »Kannst du uns eine Liste mit den Namen aller Spieler aus deinem Team geben?«

»Ich hab was Besseres dabei.« Bastian zeigte in Richtung Garderobe. »Wenn wir rausgehen, gebe ich euch unser offizielles Mannschaftsfoto und ein paar private Schnappschüsse von unserer letzten Party.«

»Private Schnappschüsse ...«, murmelte Franzi mit glänzenden Augen.

»Super, vielen Dank«, sagte Marie. »Toll wäre natürlich auch, wenn wir beim Training zusehen könnten.«

Bastian nickte. »Kein Problem. Das nächste öffentliche Training ist morgen um 15 Uhr. Sagt am Eingang, dass ihr Freunde von Harry Potter seid, dann lässt Tommy euch kostenlos durch.« Als die drei !!! ihn verständnislos ansahen, grinste Bastian verlegen. »Harry Potter ist mein Deckname, unter dem ich auch in Hotels absteige, damit mich nicht dauernd Fans oder Paparazzi belagern.«

»Ach so, verstehe …«, sagte Kim langsam. So faszinierend sie auch sein mochte, die Welt der Promis war ihr nach wie vor ziemlich fremd.

Franzi dagegen fuhr voll auf die Insiderinformationen ab. Bis vorgestern noch war Bastian ein unerreichbarer Stern am Fußballhimmel für sie gewesen und heute gehörte sie schon zu seinen Freunden!

»Ich bin ja so froh, dass ihr den Fall übernehmt!«, sagte Bastian. Dann warf er einen Blick auf seine Armbanduhr. »Ich muss los! Wir haben gleich eine Trainingseinheit. Macht es euch was aus, wenn wir den Rest der Ausstellung streichen?«

Kim schüttelte den Kopf. »Überhaupt nicht.«

Sie durchquerten die letzten Ausstellungsräume im Stechschritt und liefen zur Garderobe. Bastian kramte schnell die Fotos aus seiner Tasche, drückte sie Franzi in die Hände und weg war er. Zärtlich strich Franzi über den Rand des

Mannschaftsfotos, den Bastian gerade noch berührt hatte. Kim und Marie warfen sich einen amüsierten Blick zu.

»Und was machen wir jetzt?«, fragte Marie.

»Lasst uns ins Museumscafé gehen und uns dort die Fotos ansehen«, schlug Kim vor.

»Gute Idee«, sagte Marie. »Aber unseren Powerspruch können wir eigentlich gleich hier aufsagen.«

Der Powerspruch war ein festes Ritual der drei !!!. Immer wenn sie einen neuen Fall an Land gezogen hatten oder gerade besonders viel Energie für ihre Ermittlungen brauchten, war es Zeit für ihren Powerspruch.

Feierlich stellten sich die Detektivinnen im Kreis auf, streckten die Arme aus und legten die Hände übereinander. Dann riefen sie im Chor: »Die drei !!!«

Kim sagte: »Eins«, Franzi: »Zwei« und Marie: »Drei!«. Am Schluss hoben sie gleichzeitig die Hände in die Luft und riefen laut: »Power!!!«

Stille Wasser sind tief

»Dürfen wir mal durch?«, fragte Marie und teilte mit ihren Ellbogen die Warteschlange vor dem Haupteingang des Stadions.

»Hey, was soll das?«, beschwerte sich ein bärtiger Typ, der gleich zwei Fanschals um seinen Hals gewickelt hatte.

»Da könnte ja jeder kommen!«, rief sein Freund.

Auch ein paar andere Fans in der Schlange murrten empört. Marie ließ sich davon nicht beeindrucken. Sie zupfte an ihrem neuen Stirnband in den Deutschlandfarben, lächelte zuckersüß und sagte: »Sorry, aber wir sind VIPs. Bastian hat uns eingeladen.«

Der Typ mit den zwei Fanschals knurrte: »Klar, und ich hab eine persönliche Einladung von Franz Beckenbauer!«

Der Witz kam gut an. Während einige lachten, mogelten sich die drei !!! weiter nach vorne durch.

Der muskulöse Bodyguard am Eingang runzelte die Stirn, aber Marie wickelte ihn sofort um den Finger. »Hi Tommy! Ich bin Marie. Ich habe schon sooo viel von dir gehört. Wir sind nämlich Freunde von ...«, sie beugte sich zu Tommy vor und flüsterte ihm ins Ohr, »... Harry Potter. Total lieb von dir, dass du uns kostenlos reinlässt.« Sie drückte dem völlig verdutzten Tommy zwei Küsschen auf die Wangen.

»Äh ... klar, gerne«, sagte er und grinste breit.

Und schon waren sie drin. Franzi und Marie hatten bereits ein paar Spiele des 1. FC live miterlebt, aber Kim war zum ersten Mal im Stadion.

»Ist das riesig!«, staunte sie, als die Detektivinnen in der Ostkurve am oberen Rand der Tribünen standen. Über ihnen wölbte sich ein strahlend blauer Himmel und das Fußballfeld sah von hier oben aus wie ein frisch gewaschenes grünes Handtuch.

Franzi lachte. »Was hast du denn erwartet? Los, beeilen wir uns, damit wir noch einen Platz in der ersten Reihe erwischen.«

Sie hatten Glück. Genau drei Plätze waren noch frei. Schnell rutschten Kim, Franzi und Marie auf die Schalensitze. Kim holte eine Tüte Gummibärchen aus ihrer Tasche und reichte sie herum. Als die Tüte leer war, liefen die Spieler auf den Platz. Jubelnd wurden sie von den Fans begrüßt. Auch Kim sprang auf und klatschte. Lauter braun gebrannte, durchtrainierte Fußballer aus nächster Nähe bewundern zu können, hatte schon was. Die meisten Spieler erkannte Kim vom Mannschaftsfoto wieder: Luca, den Außenstürmer mit den langen blonden Haaren, Torwart Karsten mit den buschigen schwarzen Augenbrauen und Valerio, den linken Außenverteidiger.

»Das muss Bastians Onkel sein!«, rief Marie und zeigte auf einen braunhaarigen Mann im Trainingsanzug, der hektisch am Spielfeldrand auf und ab lief.

Kim schätzte Hannes auf Mitte vierzig. Er hatte einen schmalen Mund und große blaue Augen, die ständig in Bewegung waren. »Los, los, Tempo!«, rief er. »Laufen, nicht einschlafen, Leute!«

Die Fußballer joggten los. Bastian war an der Spitze. Sein Laufstil sah selbst dann noch locker aus, als Hannes die Spieler zu einem Sprint antrieb. Danach mussten sie einige Stretchingübungen absolvieren und den Torwart einschießen.

Endlich ging das Spiel los. Gleich nach dem Anstoß schnappte Bastian sich den Ball und schoss ihn geschickt durch die Beine eines Gegners.

»Super getunnelt!«, rief Kim begeistert.

Franzi sah sie überrascht von der Seite an. »Seit wann kennst du dich denn so gut aus?«

Kim zwinkerte ihr zu. »Tja, eigentlich ist so was ja Detektivgeheimnis, aber euch kann ich es verraten: Ich hab gestern bis spät in die Nacht Fußballbücher aus der Bibliothek durchgeackert.«

»Wow!«, sagte Franzi beeindruckt. An Kims Stelle hätte sie bestimmt nur halb so viel Ehrgeiz entwickelt.

»Quatscht nicht, sonst verpassen wir womöglich was Wichtiges!«, unterbrach Marie ihre Freundinnen.

Sofort stellte Kim wieder alle Antennen auf Detektivin und beobachtete Bastian. Der schien überall gleichzeitig auf dem Platz zu sein, so schnell trickste er seine Gegner aus und brachte immer wieder den Ball an sich. Nur zwei kleine Momente gab es, da war er nicht voll konzentriert oder es war ihm kurz die Puste ausgegangen. Als er sich dann das zweite Mal den Ball abnehmen ließ, pfiff Hannes durchdringend in seine Trillerpfeife und rannte zu ihm hinüber.

»Was ist heute bloß los mit dir, Bastian? Du stehst wie ein lahmer Esel rum. Wenn du denkst, das reicht schon, hast du dich geschnitten. Die Entscheidung steht noch lange nicht fest.«

»Aber ich hab doch …«, wollte Bastian sich verteidigen.

»Nein, ich will nichts mehr hören!«, rief Hannes.

Bastian lief rot an. Er wollte trotzdem etwas sagen, da klopfte ihm ein rothaariger Spieler auf die Schulter und flüsterte ihm ein paar beruhigende Worte ins Ohr. Bastian nickte. Er kochte immer noch innerlich vor Wut, aber er biss die Zähne zusammen und versuchte sogar zu lächeln.

»Hat der Tomaten auf den Augen?«, regte Franzi sich auf. »Bastian ist einer der Besten in der Mannschaft.«

»Das sehe ich auch so«, stimmte Marie zu. »Aber Bastian hat uns ja schon vorgewarnt, dass sein Onkel besonders streng zu ihm ist.«

»Wer ist denn der Rothaarige gleich wieder?«, fragte Kim.

Franzi holte das Mannschaftsfoto heraus. »Das ist Kai, der rechte Außenstürmer.«

»Der scheint nett zu sein«, sagte Marie. »Und süß ist er mit seinen Wuschelhaaren.«

Sofort protestierte Franzi: »Aber nichts gegen Bastian!«

Das Spiel ging weiter. Bastian strengte sich noch mehr an als vorher, doch Hannes schien es nicht zu sehen. Stattdessen lobte er einen Pass von Ulli, dem rechten Außenverteidiger, der bisher nur durch dekoratives Herumstehen aufgefallen war. »Ja, sehr gut, Ulli! Das war genial.«

Ulli machte das Victory-Zeichen und schüttelte seinen braunen Lockenkopf, den er im Nacken zu einem Pferdesschwanz zusammengebunden hatte.

»Siehst du, Bastian, so muss man es machen!«, sagte der Trainer. »Nimm dir ein Beispiel an Ulli, wenn du hier weiterkommen willst.«

»Was soll das denn jetzt?«, rief Franzi und ballte die Fäuste. »Gleich renne ich auf den Platz und knöpfe mir den Trainer vor.«

Marie packte Franzi am Ärmel. Sie traute ihrer Freundin glatt zu, dass sie es tatsächlich machte.

Der Rest des Trainings verlief ohne besondere Zwischenfälle. Nach dem Abpfiff wollten die drei !!! noch auf ihren Plätzen bleiben, um Bastian abzupassen, aber Tommy drängte sie leider mit den anderen Fans zum Ausgang. Diesmal halfen selbst Maries Flirtkünste nichts. Es blieb ihnen nichts anderes übrig, als gemeinsam mit den Fans vor dem Stadion auf die Juniorenmannschaft zu warten, bis diese sich geduscht und umgezogen hatte.

»Da sind ja wieder unsere VIPs!«, sagte der bärtige Typ mit den zwei Fanschals. »Na, hat euer Bastian euch nicht in die VIP-Lounge eingeladen?«

Die drei !!! beschlossen, ihn am besten zu ignorieren, und Marie drehte ihm demonstrativ den Rücken zu. Endlich kamen die Junioren mit ihren Sporttaschen aus den Katakomben. Sofort stürmten die Fans auf sie zu, um Autogramme zu ergattern. Plötzlich rief Franzi: »Mensch, ich hab ja noch gar kein Autogramm von Bastian! Das muss ich gleich nachholen.«

»Hiergeblieben!«, sagte Marie. »Dafür haben wir jetzt keine Zeit.«

Franzi verzog beleidigt das Gesicht und wollte etwas erwidern, da löste Bastian sich aus der Gruppe seiner Teamkollegen, verabschiedete sich mit ein paar Worten und einer Umarmung von Kai und kam auf sie zu. »Hi, schön, dass ihr da seid!« Sein Lächeln wirkte angestrengt.

»Du hast wirklich super gespielt!«, munterte Kim ihn auf. »Hast du noch kurz Zeit für uns?«

»Klar doch« sagte Bastian. »Gehen wir am besten in ein Café in der Innenstadt.« Sie machten sich auf den Weg, da piepste Bastians Handy. Er zuckte zusammen und griff mit zitternden Fingern in seine Hosentasche. »Das ist bestimmt wieder so eine SMS.« Bastian checkte den Nachrichteneingang und nickte düster. »Dieser Mistkerl!«

»Was hat er denn diesmal geschrieben?«, wollte Franzi wissen. Gemeinsam mit Marie beugte sie sich über Bastians Handy.

»Wartet!«, rief Kim. Sie war ein Stück zurückgeblieben, weil sich der Schnürsenkel an ihrem rechten Schuh gelöst hatte. Während sie sich bückte, um ihn wieder zuzubinden, sah sie aus den Augenwinkeln Ulli, der sich von den Fans abgesetzt hatte und zufrieden grinste. Er hatte gerade etwas in sein Handy getippt, sah jetzt in Bastians Richtung und stopfte das Handy hastig in seine Sporttasche. Kims Puls pochte schneller. War das purer Zufall gewesen? Oder hatte Ulli etwa ...

Kim sprang auf und rannte los. Bastian, Marie und Franzi hatten nicht gewartet, doch Kim hatte ihren Vorsprung bald eingeholt.

»Wo bleibst du denn?«, fragte Marie ungeduldig. »Das musst du dir ansehen! Der Typ geht eindeutig zu weit.«

Kim erschrak über Bastians Gesicht. Er war ganz blass um die Nase geworden. Stumm streckte er Kim sein Handy hin. Mit klopfendem Herzen las sie die SMS.

Du wirst von Tag zu Tag schlechter, das weiss inzwischen jeder. Wie lange willst du noch warten? Gib lieber jetzt auf, bevor du das Team weiter runterziehst. Oder soll ich nachhelfen?

»Nachhelfen ...«, murmelte Kim entsetzt. »Was für eine fiese Drohung!«

»Das muss noch lange nichts heißen«, sagte Franzi schnell. »Viele Leute sprechen Drohungen aus, schrecken aber dann doch davor zurück, sie in die Tat umzusetzen.« Es sollte beruhigend wirken, klang jedoch nicht besonders überzeugend.

Bastian fuhr sich stöhnend durch die Haare. »Ich halte das nicht mehr aus! Vielleicht stimmt es ja wirklich, dass ich schlechter werde. Heute musste ich beim Training dauernd an die SMS denken, ich konnte mich überhaupt nicht konzentrieren. Das hat mein Onkel natürlich sofort gemerkt. Ich war so wütend auf ihn. Sonst hab ich mich immer unter Kontrolle, aber heute ... Wenn Kai nicht gewesen wäre! Ohne meinen besten Freund wäre ich sowieso schon längst aus dem Team geflogen.«

»Hör sofort auf damit!«, sagte Marie. »Genau das will doch der Absender erreichen, er will dich mürbe machen. Das darfst du nicht zulassen.«

Bastian nickte. »Ja, ich weiß ... Aber wenn wir ihn nicht finden, macht er immer weiter und weiter. Ich hab schon überlegt, ob ich mir ein neues Handy zulege mit einer neuen Nummer und das alte einfach wegwerfe.«

»Tu das bitte nicht«, rief Kim, »jetzt, wo wir eine heiße Spur haben!«

Marie und Franzi sahen Kim mit großen Augen an.

»Wovon redest du?«, fragte Marie.

Kim checkte vorsichtshalber, dass Ulli ihnen nicht gefolgt war. Mittlerweile hatten sie die Innenstadt erreicht und die Menschenmenge war ziemlich unübersichtlich geworden. Kim wollte trotzdem lieber nichts riskieren. »Ich erzähl es euch, sobald wir im Café sind.«

»Du machst es ja spannend!«, stöhnte Franzi.

Kurz darauf kamen sie zu einem Oma-Café mit plüschigen Sofas, in das sich Ulli garantiert nicht verirren würde, zumal draußen immer noch Bilderbuchwetter war. Sie betraten den kühlen Innenraum und ließen sich in die weichen Polster sinken. Die drei !!! bestellten Cola, ihr Lieblingsgetränk an heißen Tagen.

Bastian schloss sich an, ließ aber sein Glas unberührt stehen. »Ist dir was aufgefallen?«, fragte er Kim nervös. »Hast du jemand Bestimmten in Verdacht?«

Kim nickte. »Ja, hab ich.« Sie erzählte, was sie vor dem Stadion beobachtet hatte. Bastian, Marie und Franzi hörten ihr aufgeregt zu.

»Ulli …«, murmelte Bastian, als Kim ihren Bericht abgeschlossen hatte.

Marie rutschte auf die äußerste Kante des Sofas. »Könnte Ulli es gewesen sein? Hattet ihr Streit oder so? Hat er irgendein Motiv?«

Bastian schüttelte den Kopf. »Streit hatten wir nicht gerade, aber dicke Freunde sind wir auch nicht. Wir gehen uns aus dem Weg, seit er kurz nach mir ins Team gekommen ist. Eigentlich ist Ulli in Ordnung. Er bleibt immer ruhig und ist fair und so …«

»Hast du dich geärgert, weil dein Onkel Ulli dauernd vorzieht?«, hakte Franzi vorsichtig nach. »Das ist uns heute sofort aufgefallen, das war echt ungerecht.«

Bastian schüttelte wieder den Kopf. »Nein, das hat Onkel Hannes nur heute gemacht. Ich weiß auch nicht, warum, vielleicht wollte er mich zu noch mehr Leistung anstacheln.« Er nippte an seiner Cola, verzog aber das Gesicht, als hätte er in eine Zitrone gebissen. »Ulli und ich sind Konkurrenten. Er gehört genau wie ich nur zum weiteren Kreis der Juniorenmannschaft. Ob wir bei der WM wirklich mitspielen dürfen, wird erst später entschieden.«

Kim erinnerte sich wieder an Hannes' Worte beim Training. Das hatte er also gemeint, als er von einer Entscheidung gesprochen hatte. Jetzt war alles klar. »Damit ist Ulli unser Hauptverdächtiger«, sagte Kim. »Noch können wir ihm nichts nachweisen, aber das ist nur eine Frage der Zeit. Wir werden ihn auf jeden Fall genauer unter die Lupe nehmen.«

»Verrätst du uns, wo er wohnt?«, fragte Franzi. »Das würde die Sache leichter machen.«

Bastian reagierte nicht. »Ulli ... Ich kann's einfach nicht glauben, dass er zu so was fähig wäre. Er ist sonst immer ziemlich direkt. Hintenrum SMS zu schicken, das passt gar nicht zu ihm. Obwohl – so gut kenne ich ihn natürlich auch nicht ...«

»Tja«, unkte Marie, »stille Wasser sind tief.«

Sie schwiegen eine Weile betroffen, dann antwortete Bastian auf Franzis Frage: »Die U17-Mannschaft ist im Hotel Olympia abgestiegen, in der Oststadt, Kaiserallee.«

Kim und Franzi hörten den Namen des Hotels zum ersten Mal, aber Marie nickte. »Das kenne ich! Fünf Sterne, toller Service und ein Teesalon in der Lobby, *very british*. Mein Vater hat mich mal dort zur Teatime eingeladen.«

Kim warf Marie einen leicht genervten Blick zu. Musste sie immer damit angeben, dass ihr Vater sie alle naselang zum Essen ausführte?

Marie ignorierte den Blick. »Und welche Zimmernummer hat Ulli?«, fragte sie.

»307«, antwortete Bastian. »Wir sind alle auf demselben Flur im dritten Stock. Ich hab übrigens die Zimmernummer 303.«

»Alles klar«, sagte Franzi. »Wir fahren gleich zum Hotel, um bei Ulli nach Indizien zu suchen. Du hast nicht zufällig einen Zweitschlüssel zu seinem Zimmer?«

Bastian schüttelte den Kopf. »Leider nicht. Ich kann auch nicht mitkommen, sonst schöpft Ulli womöglich Verdacht.«

»Kein Problem«, sagte Kim. »Wir schaffen es auch so.«

Sie hatte zwar nicht die geringste Idee, wie das bei den strengen Sicherheitsvorkehrungen gehen sollte, hoffte aber, dass ihnen zu dritt schon was einfallen würde. Sie winkte der Bedienung. »Zahlen, bitte!«

Bastian zückte schnell seinen Geldbeutel. »Kommt nicht infrage! Ich lade euch ein. Alle Spesen und Auslagen übernehme ich.«

Die drei !!! sahen sich verblüfft an. Jetzt kamen sie sich wirklich vor wie Detektivprofis. Dann standen sie draußen auf dem Gehsteig und verabschiedeten sich. Bastian lächelte. »Ach übrigens! Ulli hat auch einen Decknamen: Er heißt Justus Jonas.«

»Wie der Detektiv aus der Krimireihe *Die drei ???*«, fragte Kim. »Cool!« Wenn Ulli nicht der Hauptverdächtige gewesen wäre, hätte sie ihn glatt sympathisch gefunden.

»Viel Glück!«, sagte Bastian. »Ruft mich an, sobald ihr was rausgefunden habt.«

»Machen wir«, versprach Franzi, die jetzt schon Sehnsucht nach Bastian hatte.

Bastian drehte sich um, da rief Marie: »Warte! Hat Ulli irgendeine Schwäche?«

Bastian kratzte sich am Kinn. »Hmmm ... Schwäche? Nicht dass ich wüsste. Höchstens seine Mutter vielleicht. Er ist Einzelkind und war noch nie länger von ihr getrennt. Seit wir in der Stadt sind, telefoniert er mindestens dreimal täglich mit seiner Mutter in Bochum. Die Teamkollegen ziehen ihn schon auf deswegen.«

Marie grinste. »Super, vielen Dank! Daraus lässt sich was machen.«

Als die drei !!! einen zweiten Anlauf machten, sich von Bastian zu verabschieden, piepste sein Handy.

»Oh nein, nicht schon wieder eine Drohung!«, rief Kim.

Bastians Mundwinkel zitterten, doch dann ging ein Strahlen über sein Gesicht. »Das ist Jennifer, meine Freundin. Stellt euch vor, sie ist in der Boutique nebenan! Ich überrasche sie.«

Die drei !!! beobachteten, wie eine attraktive, top gestylte Blondine mit Pferdeschwanz aus einer schicken Boutique kam. Sie ging zu ihrem pinkfarbenen Roller, den sie auf dem Gehsteig geparkt hatte, und wollte gerade den Zündschlüssel ins Schloss stecken. Da schlang Bastian von hinten die Arme um ihren Hals. Jennifer drehte sich lachend um. Dann knutschten die beiden ausgiebig, ohne auf die Passanten zu achten, denen sie den Weg versperrten.

Franzi spürte einen brennenden Schmerz in ihrer Brust. Bastian hatte eine Freundin! Natürlich, das hätte sie sich gleich denken können. Tapfer schluckte sie die Tränen hinunter, die in ihrer Kehle aufsteigen wollten.

Kim musste grinsen. Bastian und Jennifer erinnerten sie total an ihre erste Zeit mit Michi, als sie beide auf einer riesengroßen rosaroten Wolke geschwebt waren. »Die sind aber noch nicht lange zusammen«, stellte sie fest und zwinkerte Marie und Franzi zu. »Kommt, stören wir die Turteltauben nicht, wir haben was zu tun.«

Passwort gesucht

»Ich wusste es!«, stöhnte Kim, als die drei !!! auf das *Hotel Olympia* zuliefen. »Ich hätte doch noch heimfahren und mich umziehen sollen.« Vor der gläsernen Drehtür stand ein piekfeiner Türsteher in dunkelblauer Uniform und begrüßte gerade ein elegantes Paar. Die Frau trug ein weißes Designerkostüm und der Mann einen schwarzen Anzug.

»Jetzt ist es zu spät«, sagte Franzi. »Mach dir nichts draus, ich hab auch nur Jeans an.«

Schnell zog Kim den Reißverschluss ihrer Strickjacke zu, damit man wenigstens das ausgeleierte T-Shirt darunter nicht sah. Marie warf einen letzten Blick in ihren Taschenspiegel, um ihr perfektes Make-up und den faltenfreien Sitz ihres Minikleides zu überprüfen. Dann raunte sie ihren Freundinnen zu: »Lasst mich nur machen. Jetzt ist Showtime!« Sie lächelte dem Türsteher zu und betrat das Hotel mit der Selbstverständlichkeit einer erfolgreichen Geschäftsfrau.

Kim und Franzi folgten ihr nicht ganz so selbstverständlich. Beinahe wäre Kim auf dem spiegelglatten Marmorboden der Lobby ausgerutscht. Gerade noch konnte sie sich an Franzi festhalten und bekam einen hochroten Kopf. Toller Einstieg! Marie winkte der Empfangsdame hinter dem Tresen wie einer alten Bekannten zu. Dann lief sie zielstrebig zu den Aufzügen hinüber. Wie durch ein Wunder wurden sie von niemandem aufgehalten. Erleichtert schlüpften Kim und Franzi zu Marie in den Aufzug. Lautlos nach oben schwebend, brachte er sie in den dritten Stock. Kaum waren sie aus der Tür getreten, baute Tommy sich breitbeinig vor ihnen auf. »Hier ist kein Zutritt! Der dritte Stock ist komplett reserviert.«

Marie ließ sich ihre Überraschung nicht anmerken. »Ich weiß, Tommy. Hallo erst mal! Erkennst du mich nicht wieder?« Sie stützte selbstbewusst eine Hand auf die linke Hüfte und präsentierte ihre Schokoladenseite, ein Trick, den sie im Modelhaus gelernt hatte.

Tommy wurde etwas freundlicher. »Hi … Marie, oder? Hab dich gleich erkannt. Tut mir trotzdem schrecklich leid. Ihr könnt hier nicht durch, der dritte Stock ist Sperrzone.«

»Klar«, sagte Marie und spielte mit einer blonden Haarsträhne. Tommy sah ihr fasziniert dabei zu. »Ich wäre auch nicht gekommen, wenn es nicht um einen Notfall ginge.«

Tommy kam aus dem Konzept. »Ein Notfall? Geht es Harry Potter nicht gut?«

Marie schüttelte den Kopf. »Nein, nein, alles bestens. Wir waren gerade noch mit ihm im Café. Es geht um Ulli … äh … um Justus Jonas natürlich. Seine Mutter hat eine wichtige Nachricht für ihn. Sie konnte ihn auf dem Handy leider nicht erreichen.«

Tommy runzelte misstrauisch die Stirn. »Eine wichtige Nachricht? Kann ich mir nicht vorstellen.«

»Ich weiß, worauf du anspielst!« Marie ließ ein perlendes Lachen los. »Muttersöhnchen Ulli, Mama hier, Mama da! Die beiden unterhalten sich wahrscheinlich auch darüber, wie oft Ulli aufs Klo gegangen ist.«

»Ha, ha, ha!«, rief Tommy lachend und schlug sich amüsiert auf die Schenkel. »Ja, genau.«

Marie wusste, dass sie das Eis gebrochen hatte. Jetzt musste sie nur noch ein letztes Holzscheit ins Feuer legen. Von einer Sekunde zur nächsten wurde sie ernst und presste zwei Tränen aus ihren Augen. »Diesmal ist es wirklich ernst«, sagte sie mit Grabesstimme. »Seine Mutter ist sehr … nein, ich sollte nicht darüber sprechen, das ist zu persönlich. Ich muss es Ulli selber sagen.«

Tommy knetete unschlüssig seine Hände. Dann gab er sich einen Ruck. »Okay, ausnahmsweise! Hannes ist zum Glück gerade nicht da. Kommt mit, ich klopfe bei Ulli. Aber er wird nicht viel Zeit haben. Macht schnell, bitte!«

»Klar!«, sagte Marie und warf Kim und Franzi einen triumphierenden Blick zu. Ihr Schauspielunterricht hatte sich wieder mal voll gelohnt.

Die drei !!! folgten Tommy um die Ecke. Ihre Schritte wurden vom flauschigen Hotelteppich verschluckt. Kim bekam weiche Knie, als sie schließlich vor Zimmer 307 standen. Tommy klopfte zweimal kurz und nach einer Pause noch einmal kurz. Ullis zerknautschtes Gesicht erschien im Türrahmen. Die offenen Locken hingen ihm wirr in die Stirn, anscheinend hatte er gerade geschlafen. »Was ist denn?«, fragte er nicht gerade begeistert.

»Die Mädchen müssen dich dringend sprechen«, erklärte Tommy. »Ein Notfall.«

»Aber ich kenne die überhaupt …«, fing Ulli an.

Bevor er den Satz zu Ende sprechen konnte, rief Marie aufgeregt: »Es geht um deine Mutter.«

Ulli riss erschrocken die Augen auf. »Meine Mutter? Was ist passiert?«

»Das sagen wir dir gleich.« Marie legte ihre Hand auf Ullis Schulter. »Aber am besten reden wir nicht hier auf dem Flur.«

Spätestens jetzt war Ulli hellwach. »Kommt rein«, sagte er tonlos. Das ließen Kim, Franzi und Marie sich nicht zweimal sagen. Tommy verabschiedete sich und Ulli führte sie in sein Zimmer, das sich als großzügige Suite mit zwei voneinander abgetrennten Räumen entpuppte. Besser konnte es gar nicht laufen für die drei !!!.

Als sie es sich auf der lindgrünen Sofalandschaft im Wohnzimmer bequem gemacht hatten, scannte Kim unauffällig den Raum. Er war liebevoll mit wertvollen antiken Möbeln ausgestattet. Ulli schien ziemlich ordentlich zu sein. Es lagen weder Kleider noch Schuhe herum. Nur auf dem Sekretär aus Kirschbaumholz war ein teures Notebook aufgeklappt und auf dem Nachttisch neben dem Biedermeierbett lag eine silberfarbene, längliche Box. Kim hätte sich beides am liebsten sofort aus der Nähe angesehen, aber sie musste sich leider noch gedulden.

Marie ließ inzwischen einen Redeschwall los: »Entschuldige bitte, dass wir einfach so reinplatzen bei dir. Das ist sonst nicht unsere Art. Du wunderst dich bestimmt, wer wir sind. Nur so viel: Wir kennen deine Mutter aus Bochum. Woher genau, das ist eine längere Geschichte, die will ich dir ersparen, weil es momentan wichtigere Dinge gibt.«

Ulli wurde immer nervöser. »Erzählt endlich, was los ist! Geht es meiner Mutter nicht gut?«

Marie setzte einen besorgten Krankenschwesterblick auf. »Du musst jetzt sehr stark sein, Ulli! Wir haben gerade mit deiner Mutter telefoniert. Ja, du hast es erraten. Es geht ihr leider gar nicht gut.«

»Was hat sie? Ist sie im Krankenhaus?« Panik spiegelte sich in Ullis Augen.

Kim konnte es nicht mehr länger mit ansehen, ihn unnötig leiden zu sehen. »Nein, Ulli, wir können dich beruhigen. Deine Mutter ist nicht krank.«

Marie trat Kim unter dem Couchtisch gegen das Schienbein, weil sie ihre ausgeklügelte Gesprächsstrategie durchkreuzt hatte. »Nun ja ...«, sagte sie gedehnt. »Deine Mutter ist irgendwie schon krank.«

»Was jetzt?«, fragte Ulli verwirrt. »Wollt ihr mich auf den Arm nehmen?«

»Nie im Leben!«, sagte Franzi und biss sich auf die Unterlippe, um nicht loszukichern.

Marie strafte ihre Freundinnen mit einem unmissverständlichen »Kann ich jetzt endlich ungestört weiterreden?«-Blick. Das wirkte. Kim und Franzi verstummten. »Also«, sagte Marie, »deine Mutter ist krank vor lauter Sorge.« Sie machte eine Kunstpause. »Krank vor Sorge, weil du nicht anrufst!«

Ulli hatte mit allem gerechnet, nur damit nicht. »Was? Wieso? Aber ich hab doch heute schon zweimal mit ihr telefoniert.«

»Stimmt«, reagierte Marie sofort, ohne mit der Wimper zu zucken. »Trotzdem war sie total verzweifelt. Sie meint, du warst so abwesend bei eurem letzten Gespräch und du hättest gar nichts erzählt von dir. Sie meint, du hättest irgendein Geheimnis vor ihr, das du ihr nicht verraten würdest, obwohl sie doch deine engste Vertraute ist, deine Mutter …«

Ulli protestierte: »Ich hab nichts erzählt? Wie auch? Erst hat sie gefragt, wie's mir geht, und dann hat sie mich sofort unterbrochen und wieder mal ohne Punkt und Komma geredet.«

Beinahe hätte Marie laut losgelacht. Schnell dachte sie an die letzte Mathearbeit, das half zum Glück. »Du kennst sie doch, so ist sie eben«, sagte Marie. »Sie hat übrigens schon dauernd vergeblich versucht, dich zu erreichen. Du solltest sie lieber sofort anrufen, bevor sie noch einen Herzinfarkt bekommt.« Das Wort »Herzinfarkt« betonte sie besonders und schielte dabei zu Franzi hinüber.

Sofort legte Franzi stöhnend ihre Hand auf die Stirn. »Es ist so … stickig hier drin …« Sie rang nach Luft und griff sich röchelnd an die Kehle. »Ich bekomme keine Luft.«

Ulli sprang erschrocken auf. »Soll ich ein Fenster aufmachen?«

»Nein …«, keuchte Franzi. Sie streckte suchend

ihre zitternde Hand aus. »Das ... hilft nichts«, flüsterte sie. »Brauche ... Wasser!«

»Ein Glas Wasser?« Ulli griff nach der Flasche, die auf dem Couchtisch stand.

»Nein! Badezimmer ... wo?« Franzi versuchte aufzustehen, schwankte und ließ sich gegen Ullis breite Brust fallen.

Der Fußballer fing sie auf und stützte sie. »Soll ich dich ins Badezimmer bringen?«

»Ja, bitte ...«, flüsterte Franzi und stöhnte laut auf vor Schmerz.

»Hilf ihr, schnell!«, rief Marie. Wie betäubt stand sie mit Kim daneben, scheinbar unfähig, etwas zu tun.

Ulli überlegte nicht lange. Er packte Franzi unter den Armen und schleifte sie aus dem Wohnzimmer. Sobald er draußen war, rannte Kim zur Tür und machte sie zu. Dann stürzte sie sich auf das Notebook, während Marie sich die silberfarbene Box schnappte.

Aufgeregt drückte Kim auf die linke Maustaste. Der Fußball-Bildschirmschoner verschwand und ein weißer Kasten blinkte auf. »Mist!«, murmelte Kim. »Ich brauche Ullis Passwort.« Aufs Geratewohl tippte sie »WM« ein. Fehlanzeige! »Junioren-WM« war auch nicht das Richtige. Nach den ersten beiden Versuchen war Kims Gehirn wie leer gefegt. »Fällt dir noch irgendein

Wort ein, das mit Fußball zu tun hat?«, fragte sie Marie.

Statt zu antworten, pfiff ihre Freundin durch die Zähne. »Sieh dir das mal an!« Marie schwenkte einen Zettel, den sie neben anderen Belegen in der Box gefunden hatte. »Eine Rechnung über ein Vertragshandy. Das Kaufdatum ist gerade mal zwei Wochen alt.«

Sofort fing Kim an zu rechnen. »Wann hat Bastian die erste Mobbing-SMS bekommen? Das war doch vor 14 Tagen, oder?«

»Ich glaube schon«, sagte Marie. »Die Rechnung fotografiere ich sofort mit dem Handy. Und, hast du auch was gefunden? Beeil dich, wir müssen Franzi erlösen.« Sie zeigte in Richtung Badezimmer, aus dem Wasserrauschen und Franzis Röcheln kam, begleitet von Ullis hilfloser Stimme, die Franzi zu beruhigen versuchte.

Kim stöhnte. »Wenn ich bloß wüsste, was Ulli für ein Passwort hat!«

Marie kratzte sich an der Stirn. Dann breitete sich plötzlich ein breites Grinsen auf ihrem Gesicht aus. »Versuch's doch mal mit ›Mama‹!«

Kim tippte die vier Buchstaben ein. Volltreffer! Sie war drin. »Du bist genial«, lachte sie. Dann beugte sie sich gespannt über den Bildschirm. Eine Tabelle erschien, an der Ulli anscheinend gerade gearbeitet hatte. In der linken Spalte waren sämtliche Spielernamen der Juniorenmannschaft verzeichnet. Daneben standen mehrere Rubriken: Tore der letzten Saison, Stärken, Schwächen, Macken, Beliebtheit beim Trainer … Ulli hatte akribisch über alles Buch geführt. So gründlich war selbst Kim bei ihrem Detektivtagebuch nicht. »Findest du das normal?«, fragte sie Marie. »Der ist doch von Ehrgeiz zerfressen!«

»Und von Neid und Konkurrenzdenken«, ergänzte Marie.

Kim nickte. »Ein klassisches Motiv. Ich fresse einen Besen, wenn Ulli nicht die SMS an Bastian geschrieben hat!«

»Ich auch«, sagte Marie.

Das Rauschen aus dem Badezimmer hörte plötzlich auf. Dann klappte eine Tür.

»Und, geht's wieder besser?«, hörten sie Ulli fragen.

»Ein bisschen …« Franzis Stimme klang immer noch sehr schwach.

»Weg vom Notebook!«, zischte Marie.

»Gleich«, sagte Kim. Sie griff in ihre Hosentasche und zückte die Digitalkamera. Zwei Schnappschüsse, und sie hatte Ullis Tabelle im Kasten. Blitzschnell steckte sie die Kamera wieder ein, stürzte hinüber zum Sofa und ließ sich neben Marie in die Polster plumpsen. Als Ulli mit Franzi ins Zimmer zurückkehrte, saßen Kim und

Marie einträchtig nebeneinander und sahen Franzi besorgt entgegen.

»Alles okay?«, fragte Kim.

»Hattest du wieder einen Schwächeanfall?«, erkundigte sich Marie mitfühlend und streckte die Hand nach Franzi aus. »Du weißt doch, was der Arzt gesagt hat. Du darfst dir nicht so viel zumuten.«

»Ihr braucht euch keine Sorgen machen«, versicherte Franzi matt. »Ulli hat mir super geholfen. Danke dir, Ulli!« Sie schenkte dem Fußballer ein strahlendes Lächeln.

»Keine Ursache«, sagte er und wuschelte verlegen seine braunen Locken durcheinander. Dann sah er die drei !!! unschlüssig an.

Marie sprang schnell hoch. »Tausend Dank! Wir müssen leider wieder los. Und vergiss nicht, deine Mutter anzurufen.«

Franzi erholte sich innerhalb von Sekunden und düste als Erste aus der Suite. Kim und Marie kamen kaum nach. Die drei !!! rannten den Flur entlang, an Tommy vorbei und ab in den Aufzug. Als sie die Lobby durchquert und sich durch die Drehtür gequetscht hatten, kicherten sie gleichzeitig los.

»Noch eine Sekunde länger«, japste Franzi, »und ich hätte mir vor Lachen in die Hose gemacht!«

Dicke Luft im Team

Geheimes Tagebuch von Kim Jülich
Donnerstag, 23:07 Uhr
Extra-Spezial-Nachricht für Brigitte Jülich: Ich weiß, du willst immer nur das Beste für deine Tochter. Dazu gehört auch, dass du jetzt sofort (!!!) aufhörst zu lesen. Falls du diesen Rat nicht befolgst, wird deine Tochter später tiefgreifende Schäden ihrer Persönlichkeit davontragen.

Es ist schon total spät, aber ich muss unbedingt trotzdem noch schreiben. Heute Nachmittag, als ich seit Ewigkeiten mal wieder gejoggt bin (45 Minuten ganz alleine, bin ich nicht super?), hab ich auf dem Rückweg durchs Industriegebiet zufällig Michi getroffen. Ich hab mich irre gefreut und ihn gleich umarmt, aber er ist rot geworden, als hätte ich ihn bei irgendwas Verbotenem ertappt. Als ich gefragt habe, was er hier macht, hat er nur »was Wichtiges erledigen« gemurmelt. Und als ich nachgehakt habe, ob irgendwas wäre, meinte er, nein, nein, alles in Ordnung. Aber er hat mir nicht in die

Augen gesehen dabei. Ich bin natürlich sofort misstrauisch geworden (typische Berufskrankheit aller Detektivinnen!) und hab mich unauffällig umgesehen. Wir standen vor einem großen Parkplatz. Dahinter waren eine Lagerhalle, ein Fast-Food-Lokal und ein großes Gebäude mit mehreren Läden, unter anderem ein Baumarkt, ein Fitnessstudio und ein Friseur. Erst dachte ich, er hat vielleicht im Baumarkt was eingekauft, um seinen Chemiebaukasten aufzustocken, doch dann ist mir aufgefallen, dass er gar keine Tasche dabeihatte. Sehr merkwürdig, oder?

Es wurde leider noch merkwürdiger: Ich wollte ein Treffen mit ihm ausmachen, weil ich wusste, dass er zurzeit eine freie Woche hat und nicht in der Eisdiele jobben muss. Da hat er herumgedruckst, dass das schwierig werden könnte und dass ich doch sicher mit meinem neuen Fall genug um die Ohren hätte. Ich war so eingeschnappt, dass ich mich schnell von ihm verabschiedet habe.

Irgendetwas verheimlicht Michi vor mir! Was wollte er wirklich im Industriegebiet? Hat er sich dort mit einem anderen Mädchen getroffen? Nein, bitte nicht!!! Und warum hat er in seiner freien Woche keine Zeit für mich? Die WM ist doch jetzt vorbei. Liebt er mich nicht mehr? Hat es ihm nicht gefallen beim Public Viewing? Vielleicht hat er sich ja geschämt mit mir, weil ich so ein Fußballmuffel bin.

Oder hat er beim Public Viewing eine andere kennengelernt? Er ist nämlich bei der anschließenden Party im Schillerpark länger geblieben als ich.
Stopp, Kim! Du darfst nicht weiterdenken, sonst wirst du noch verrückt.
Ja, ich weiß, ich sollte Michi vertrauen. Bis jetzt hat er mich noch nie enttäuscht. Trotzdem fällt es mir wahnsinnig schwer. Ich darf nicht dauernd darüber nachgrübeln, ich muss mich ablenken, am besten mit unserem neuen Fall. Ich könnte mir Ullis Tabelle noch mal ansehen. Übrigens stehen bei Bastian die meisten Eintragungen. Wenn das kein Zufall ist! Oder ich könnte ins Detektiv-Tagebuch schreiben. Wenn mir nur nicht dauernd die Augen zufallen würden. Wie spät ist es denn eigentlich? Was? Schon halb zwölf? Hilfe! Ich muss ins Bett, sonst schlafe ich morgen in der Schule ein.
PS: Nur eins noch: Ben und Lukas nerven total. Jeden Tag fragen sie, ob ich ihnen Autogramme von Bastian mitgebracht habe. Wann kapieren sie endlich, dass ich nicht ihr persönlicher Kurier bin?
PPS: Nur noch eine allerletzte Sache: Ich sollte nicht jammern. Franzi geht es zurzeit viel schlechter als mir. Dass Bastian eine Freundin hat, nimmt sie total mit. Sie lässt es sich nicht anmerken, aber ich spüre genau, wie sie darunter leidet. Die Arme! Wenn ich sie nur irgendwie aufmuntern könnte!

»Kopf hoch, Brust raus und ... los!«, rief Marie. Mit einem siegessicheren Lächeln auf den Lippen steuerte sie zwei Tage später auf das *Hotel Olympia* zu.

Franzi kicherte. »Nicht so schnell!« Sie musste sich bei Kim abstützen, die jedoch mindestens genauso wacklig auf den Beinen war. Kein Wunder! High Heels gehörten normalerweise nicht zur Grundausstattung von Franzi und Kim, genauso wenig wie schwarze Hosenanzüge, Seidenblusen und teure Ledergürtel. Alle Teile stammten aus Maries großem Kleiderfundus, aus dem sich die Detektivinnen bedienten, wenn sie älter und seriöser aussehen wollten.

»Und nicht vergessen, Mädels: lächeln!«, raunte Marie ihren Freundinnen zu.

»Auch das noch!«, stöhnte Kim. Je näher sie der Drehtür kamen, umso stärker zitterten ihre Beine. Wenn das mal gut ging!

»Einen wunderschönen guten Tag, die Damen!«, sagte der Türsteher, der sie beim ersten Mal kaum beachtet hatte. Er lüftete sogar seinen Zylinder und setzte schwungvoll die Drehtür für sie in Bewegung.

Die drei !!! stöckelten so elegant wie möglich in die Lobby. Gedämpfte Klaviermusik empfing sie und der Pianist am Flügel nickte ihnen freundlich zu. Kim blieb unschlüssig stehen. Ob es wirklich eine gute Idee gewesen war, heute hierherzukommen? Bastian hatte ihnen ausdrücklich gesagt, dass die Teambesprechung der Juniorenmannschaft nicht öffentlich war. Sie wussten weder, in welchem Konferenzraum sie stattfinden würde, noch, wie sie sich unbemerkt hineinschmuggeln sollten. Diesmal würde Tommy garantiert kein Auge zudrücken.

Marie hatte beschlossen, die Dinge einfach auf sich zukommen zu lassen. Als Kim »Und, was machen wir jetzt?« fragte, lächelte sie nur und antwortete: »Erst mal abwarten und Tee trinken!« Sie meinte es tatsächlich wörtlich und bestellte beim diskret herbeieilenden Ober schwarzen Tee und Gurkensandwiches. Der Tee wurde auf einem Silbertablett serviert, doch Kim nippte nur kurz an ihrer Tasse. Sie war viel zu aufgeregt, um gemütlich Tee trinken zu können. Sie mussten heute endlich mit ihren Ermittlungen weiterkommen! Das nächste öffentliche Training würde erst wieder am Montag stattfinden und so lange konnten sie nicht warten. Bastian hatte nämlich gestern schon wieder eine fiese SMS bekommen. Kim bekam jetzt noch Gänsehaut, wenn sie bloß daran dachte.

Die Schonfrist ist vorbei, das weisst du, oder? Sorry, aber du hast es so gewollt. Jetzt werden härtere Bandagen angelegt.

Kim malte sich lieber nicht aus, was der Absender der SMS vorhatte. Eigentlich hätten die drei !!! Bastian ab sofort Personenschutz bieten müssen, 24 Stunden rund um die Uhr, Tag und Nacht, aber leider mussten sie ja zur Schule gehen und ab und zu schlafen.

Kim war so in Gedanken versunken, dass sie heftig zusammenzuckte, als Franzi ihr die Hand auf die Schulter legte und zischte: »Da drüben, beim Empfang!«

Kim starrte zum Tresen hinüber. Eine dicke, grauhaarige Frau mit weißer Schürze, die offenbar durch einen Nebeneingang hereingekommen war, fragte die Empfangsdame: »Ich bringe das Catering für die Juniorenmannschaft. Wie immer im Konferenzraum Bismarck?«

»Ja, genau«, sagte die Empfangsdame. »Sie sind aber spät dran heute.«

»Glück muss man haben!«, lachte Kim.

Die Detektivinnen zahlten schnell und folgten der Frau. Als sie um die Ecke bogen, sahen sie Tommy, der mit dem Rücken zu ihnen vor dem Eingang zum Konferenzraum stand. Ungeduldig tippte er auf seine Armbanduhr und begrüßte die Frau vom Catering: »Na endlich! Ich muss dringend weg für eine Viertelstunde. Stellen Sie das Essen ab und lassen Sie niemanden rein, okay?«

»Geht klar«, sagte die Cateringfrau.

Gerade noch rechtzeitig duckten die drei !!! sich in eine Nische, da lief Tommy auch schon an ihnen vorbei. Kurz darauf verließen die Detektivinnen ihr Versteck wieder. Die Cateringfrau schleppte zwei riesige Tabletts mit Fingerfood an und keuchte unter der schweren Last.

»Können wir Ihnen helfen?«, fragte Kim.

Überrascht blieb die Frau stehen. »Äh ... ja, warum nicht?« Dann fiel ihr Blick auf die High Heels der Detektivinnen. »Hmm ... ich weiß nicht. Lasst mal lieber, bevor ihr euch die schönen Schuhe ruiniert.«

»Ach, die wollten wir sowieso gerade ausziehen!« Kim kickte erleichtert ihre High Heels weg und rieb sich die schmerzenden Knöchel. Franzi war auch heilfroh, die mörderischen Teile endlich loszuwerden – und Marie im Grunde genauso, obwohl sie es natürlich nie zugegeben hätte.

Barfuß halfen Kim, Franzi und Marie der Cateringfrau, die beiden Tabletts auf dem Tisch vor dem Konferenzraum abzustellen. »Sie haben sicher noch mehr im Auto, oder?«, fragte Marie. »Sollen wir mitkommen?«

»Das wär toll«, sagte die Frau. »Ihr seid meine Rettung. Ich bin heute nämlich alleine. Mein Geschäftspartner ist plötzlich krank geworden.«

Franzi spuckte in die Hände. »Dann nichts wie los!«

Die drei !!! packten mit Feuereifer an. Drei Mal liefen sie zwischen dem Parkplatz für Lieferfahrzeuge und dem Konferenzraum hin und her. Dann hatten sie es geschafft. Der Tisch bog sich vor lauter Leckereien: Fingerfood, Baguette, Salate, rote Grütze und Schokoladenkuchen. Plötzlich bekam Kim einen Riesenhunger und bereute, dass sie kein Gurkensandwich gegessen hatte.

Die Cateringfrau wischte sich mit einem Taschentuch den Schweiß von der Stirn. »Tausend Dank! Was hätte ich bloß ohne euch getan? Kann ich mich irgendwie revanchieren?«

Marie lächelte. »Sie könnten tatsächlich etwas für uns tun: Wir würden gerne einen Blick auf die Fußballer werfen. Wir sind nämlich Fans der Juniorenmannschaft.«

»*Große* Fans«, mischte Franzi sich ein. »Besonders von Bastian!«

Die Cateringfrau lachte. »Verstehe! Wartet mal … Die Mannschaft hat gerade Teambesprechung und darf eigentlich nicht gestört werden, aber es gibt eine kleine Seitentür, die war bis jetzt immer offen. Dahinter ist ein blickdichter Vorhang, da sieht euch garantiert keiner.«

Beinahe wäre Kim der Frau vor lauter Freude um den Hals gefallen. »Danke, Sie sind ein Schatz!«

Die Cateringfrau lächelte. »Keine Ursache! Und falls ihr mal Lust auf einen Ferienjob habt, könnt ihr euch gerne bei mir melden.« Sie gab Kim die Visitenkarte ihrer Cateringfirma. Dann zeigte sie ihnen die Seitentür.

Und wieder hatten die drei !!! Glück. Die Tür war tatsächlich offen. Die Detektivinnen bedankten sich noch mal, stopften ihre High Heels in Maries Tasche und schlüpften nacheinander leise hinein. Hinter dem dicken grauen Vorhang blieben sie stehen und wagten erst mal kaum zu atmen.

Zuerst hörten sie nur Gläserklirren und halblautes Gemurmel. Dann klopfte jemand auf den Tisch und rief: »Ruhe, Leute, wir sind noch nicht fertig.« Kim erkannte die Stimme sofort. Es war Hannes, der Trainer.

»Der nächste Punkt auf der Tagesordnung ist leider ziemlich unangenehm«, sagte Hannes. »Wir haben ja vorher schon über Disziplin geredet. Ohne eiserne Disziplin geht beim Fußball gar nichts!« Sein Ton war so streng geworden, dass alle verstummten. Nach einer kurzen Pause redete er weiter: »Normalerweise bespreche ich Probleme, die einen einzelnen Spieler betreffen, mit demjenigen unter vier Augen. Aber dieser

Fall geht uns alle an. Bastian, ich frage dich deshalb hier vor deinen Teamkollegen noch mal: Warum hast du beim letzten nichtöffentlichen Training unentschuldigt gefehlt?«

Unwilliges Raunen ging durch die Mannschaft: »Ja, genau, warum?« – »Das würden wir auch gerne wissen!« – »Hast du blaugemacht?« Jemand lachte.

Franzi wäre am liebsten hinter dem Vorhang hervorgeschossen, um Bastian zu verteidigen. Blaumachen, so eine Unverschämtheit, das würde er bestimmt nie tun! Aber die Sache mit dem verpassten Training hatte er ihnen gar nicht erzählt. Dann musste es gestern Nachmittag passiert sein.

»Ruhe!!«, rief Hannes. Sofort wurde es wieder still.

Bastian räusperte sich. »Ich hab gefehlt, weil auf meinem Trainingsplan stand, dass das Training erst zwei Stunden später ist.« Er klang sichtlich nervös. »Ich hab mich doch schon bei dir entschuldigt, Hannes, es wird nie wieder …«

»Deine Entschuldigungen kannst du dir sparen«, unterbrach ihn der Trainer. »Du warst nicht da. Alles andere interessiert mich nicht.«

»Aber Bastian kann wirklich nichts dafür!« Kim atmete erleichtert auf. Wenigstens ein Teamkollege hielt zu Bastian!

Hannes wollte leider nichts davon hören. »Misch dich nicht ein, Kai!«, sagte er streng. »Bastian muss für sich selbst einstehen. Also, Bastian: Du bleibst bei deiner albernen Ausrede?«

»Das ist keine Ausrede!«, protestierte Bastian.

»Klar.« Der Ton des Trainers war jetzt richtig schneidend. »Falscher Trainingsplan, lächerlich!«

Kim fand die Begründung alles andere als lächerlich. Wetten, dass jemand Bastian absichtlich einen falschen Trainingsplan untergejubelt hatte? Derselbe Jemand, der auch die letzte SMS geschrieben hatte!

Die Schonfrist ist vorbei, das weisst du, oder? Sorry, aber du hast es so gewollt. Jetzt werden härtere Bandagen angelegt.

Hannes wurde immer lauter. »Weißt du, was dein Problem ist, Bastian? Du denkst, du hast das Ticket zur WM schon in der Tasche. Du denkst, das, was wir hier machen, ist ein nettes Spielchen, ein Freizeitvergnügen, oder?«

»Nein!«, rief Bastian verzweifelt.

Franzi litt hinter dem Vorhang wie ein Hund. Wie konnte der Trainer es wagen, Bastian vor versammelter Mannschaft so abzukanzeln? Das war so was von mies!

Aber Hannes war noch nicht fertig. »Eins kann ich dir sagen, Bastian: Da hast du dich geschnitten! Du hast nichts in der Tasche, rein gar nichts. Es gibt jede Menge Spieler, die deinen Platz sofort einnehmen können und nur darauf warten, sich endlich zu beweisen. Spieler, für die Disziplin und hundertprozentiger Einsatz selbstverständlich sind. Die sich im Training verausgaben und kämpfen bis zum Schluss. Solche Spieler brauchen wir für die U17-WM!«

Von allen Seiten kamen bestätigende Rufe: »Genau!« – »Ja!« – »Recht hat er!«

Das war zu viel für Franzi. Sie musste einfach kurz durch den Vorhang spähen. Vorsichtig schob sie die Stoffbahnen auseinander und suchte Bastian. Als sie ihn gefunden hatte, brach es ihr fast das Herz. Bastian kauerte hilflos mit eingezogenem Kopf auf seinem Stuhl. Er hatte es aufgegeben, sich zu verteidigen. Kein Wunder, Hannes hörte ihm ja sowieso nicht zu.

Der Trainer verschränkte die Arme vor der Brust und sagte über Bastians Kopf hinweg: »Noch ein Fehler, Bastian, noch ein kleiner Ausrutscher und du kannst dir die WM im Fernsehen ansehen!«

Bastian wurde leichenblass. Fassungslos starrte er seinen Onkel an und merkte nicht, wie Kai ihm tröstend die Hand auf den Arm legte. Alle anderen Spieler sahen betreten weg oder scharrten mit den Füßen unter dem Tisch.

Franzi ließ den Vorhang los. Ihre Hände zitterten vor Wut. Dafür, was er Bastian angetan hatte, würde Ulli büßen müssen und Franzi würde höchstpersönlich dafür sorgen, dass er vor das Jugendgericht kam!

Lügengeschichten

»Siehst du ihn?«, flüsterte Franzi.

»Nein, noch nicht«, flüsterte Kim zurück und Marie schüttelte bedauernd den Kopf.

Die drei !!! kauerten hinter einem Lieferwagen gegenüber vom *Hotel Olympia* und warteten darauf, dass Ulli nach der Teambesprechung das Hotel verließ. Sie hätten ihn schon viel früher beschatten müssen und jetzt schworen sie sich, ihn keine Sekunde mehr aus den Augen zu lassen. Irgendwann würde er einen Fehler machen wie alle Verbrecher.

»Da ist er!« Franzi schoss wie von der Tarantel gebissen in die Höhe. Ulli war mit Luca, dem Außenstürmer, und Torwart Karsten vor dem Hotel erschienen. Grinsend stand er auf dem Gehsteig, die Hände lässig in den Taschen seiner ausgewaschenen Jeans, und tat so, als ob nichts gewesen wäre. Er zeigte zum Himmel, der sich aufgelockert hatte, und quatschte mit dem Türsteher übers Wetter. Dann liefen die Spieler gemeinsam los.

»Jetzt bin ich aber mal gespannt, was die drei vorhaben«, murmelte Marie.

Kim nickte. »Ich auch. Vielleicht sind Luca und Karsten ja Ullis Komplizen.«

»Meinst du?«, fragte Franzi verblüfft. »Klar, könnte sein. Darauf bin ich noch gar nicht gekommen.« Plötzlich fiel ihr wieder der Mobbingfall ein, den sie erst kürzlich gelöst hatten. Da hatte es auch mehrere Täter gegeben.

Die drei !!! nahmen die Verfolgung auf. Heute Morgen war es noch kühl und regnerisch gewesen, aber jetzt brannte die Sonne erbarmungslos auf ihre schwarzen Hosenanzüge. Mit ihren High Heels kamen sie nicht besonders schnell voran, aber Ulli, Luca und Karsten hatten es zum Glück nicht eilig. Sie gingen durch die grünen Alleen der Oststadt und blieben immer wieder stehen, weil sie auf Karsten warten mussten. Der sonst so dynamische Torwart ließ die Schultern hängen und schlurfte lustlos vor sich hin.

Kurz darauf blieben die Fußballer vor einer Eisdiele stehen. Nach einem kurzen Wortwechsel setzten sie sich an einen der runden Tische. Die Eisdiele war gut besucht. Kim, Franzi und Marie ergatterten gerade noch einen freien Tisch in der Nähe. Sie vertieften sich sofort in die großen Eiskarten, damit Ulli sie nicht sehen konnte.

»Dreimal Cappuccino, bitte!«, bestellte Ulli

bei der Bedienung. Die drei !!! entschieden sich für einen Freundschaftsbecher, den sie sich teilen wollten. Als der Eisbecher kam, konnten sie ihn leider nicht in Ruhe genießen, weil das Gespräch am Tisch der Fußballer richtig spannend wurde.

Ulli boxte Karsten, der die ganze Zeit missmutig auf den Tisch gestarrt hatte, aufmunternd in die Seite. »Mensch, nimm's nicht so schwer, Kumpel! Es gibt noch andere Mädchen … Bessere!«

Luca lachte. »Stimmt! Ulli hat recht. Außerdem finde ich, wir sind noch viel zu jung für eine feste Freundin.«

»Finde ich nicht.« Karstens buschige schwarze Augenbrauen zogen sich zusammen. Der Torwart fischte eine Kaugummipackung aus seiner Hosentasche. Mit fahrigen Bewegungen wickelte er einen Kaugummi aus und steckte ihn sich gierig in den Mund. »Wenn ich nur wüsste, warum Laura sich von mir getrennt hat! Es lief doch alles super zwischen uns, und dann hat sie plötzlich von heute auf morgen Schluss gemacht.«

Ulli nahm einen Schluck von seinem Cappuccino. »Ich hätte da schon so eine Vermutung, aber ich weiß nicht, ob ich was sagen soll.«

»Was weißt du?«, fragte Karsten aufgeregt. »Hast du mit Laura gesprochen?«

Ulli schüttelte den Kopf. »Das nicht, aber …

ich hab Laura gesehen, vor ein paar Tagen, beim Italiener unten am Hafen, du weißt schon, der mit den leckeren Fischgerichten.«

Karsten stöhnte. »Komm auf den Punkt!«

»Okay«, sagte Ulli. »Du hast es so gewollt. Raste jetzt aber bitte nicht aus! Laura war nicht allein. Sie saß mit Bastian zusammen, eng umschlungen.«

Karsten spuckte seinen Kaugummi aus. Er landete mitten auf dem Plastiktischtuch. Luca verzog das Gesicht. »Ist das eklig, Mann! Kannst du den bitte anderswo entsorgen?« Weil Karsten nicht reagierte, nahm Luca eine Papierserviette und beförderte den Kaugummi in den Aschenbecher.

»Hat er … hat er sie geküsst?«, fragte der Torwart tonlos.

Ulli nickte. »Ja, hat er.«

Karsten wurde erst rot, dann blass und sofort wieder rot. »Dieser … dieser Mistkerl!«, rief er und sprang auf. »Was fällt dem ein?«

Die Leute an den Nebentischen drehten sich um und starrten Karsten neugierig an.

»Irgendwo hab ich den Typen schon mal gesehen«, sagte einer.

»Ja, du hast recht!«, stimmte sein Freund zu und kratzte sich an der Stirn. »Ich komm nur gerade nicht drauf, wo.«

Ulli drückte Karsten mit sanfter Gewalt auf seinen Stuhl zurück. »Willst du unbedingt, dass wir hier auffallen?«

»Natürlich nicht«, murmelte Karsten und unterdrückte seine Wut. Die nächsten Sätze sagte er so leise, dass die drei !!! sie kaum verstehen konnten. »Bastian … Vergreift sich einfach an Laura. Dabei weiß er ganz genau, dass wir zusammen sind.«

Ulli seufzte. »Ich hätte es dir lieber nicht erzählen sollen. Ich wusste, dass du ausrasten würdest.« Um seine Lippen spielte ein kleines, verstohlenes Lächeln, das sofort wieder verschwand.

Kim hatte es trotzdem gesehen. Ulli hatte sich das alles nur ausgedacht! Er hatte Karsten absichtlich eine Lügengeschichte erzählt, um Bastian zu verleumden. Mit so einer Aktion – die sich bestimmt schnell herumsprechen würde, dafür würde Karsten sorgen – war Bastian natürlich unten durch beim Team. Ulli schreckte wirklich vor nichts zurück, um seinen Konkurrenten auszubooten!

»Zum Glück hast du es mir erzählt!«, sagte Karsten. »Jetzt weiß ich wenigstens, was los ist. Laura kann nichts dafür, sie hat sich von diesem Mistkerl einwickeln lassen.«

Luca nickte. »Davon kannst du ausgehen. Also mich wundert das gar nicht. Typisch Bastian! Der lässt echt nichts anbrennen. Du bist bestimmt nicht der Erste, dem er die Freundin ausspannt.«

Karsten zerknüllte wütend seine Papierserviette. »Na toll! Und das soll mich beruhigen, oder was?«

»Sorry!«, sagte Luca. »Ich wollte dir nicht noch mehr Stress machen.«

Karsten pfefferte die Papierserviette in den Aschenbecher. Dann steckte er sich einen neuen Kaugummi in den Mund, auf dem er hastig herumkaute, während er hasserfüllt Schimpfworte vor sich hinmurmelte.

»Mach bloß keinen Fehler!«, sagte Ulli besorgt. »Du weißt doch, wie Hannes zurzeit drauf ist. Wenn du Bastian an den Kragen gehst, findet Hannes das garantiert nicht lustig.«

Luca nickte. »Ulli hat recht. Bastian ist sowieso schwer angeschlagen. Du musst dich jetzt zusammenreißen.«

Karsten schnaufte. »Ich denke gar nicht daran. Ich ...«

Den Rest bekam Kim nicht mehr mit, weil in dem Moment ein Papierflieger auf ihrem Tisch landete. Genervt drehte sie sich um und traute ihren Augen nicht: Auf dem Gehsteig, nur ein paar Meter von ihr entfernt, standen Ben und Lukas! Die Zwillinge grinsten wie die Honigkuchenpferde, weil ihre Schwester sie endlich bemerkt hatte. Einen ungünstigeren Moment hätten sie sich wirklich nicht aussuchen können.

»Weg da!«, zischte Kim, wedelte hektisch mit der Eiskarte und versuchte, ihre Brüder zu verscheuchen.

Die dachten nicht daran, nach Hause zu gehen. Längst hatten sie die drei Fußballer entdeckt und machten Kim aufgeregt Zeichen. Ben winkte mit einem Kugelschreiber und Lukas machte Schreibbewegungen auf seinem Arm. Kim tat so, als hätte sie nicht verstanden, dass ihre Brüder Autogramme wollten. Sie drehte sich einfach weg von ihnen und konzentrierte sich wieder auf das Gespräch der Fußballer.

»... nicht verrückt machen«, sagte Ulli gerade. »Lenk dich ab, leg eine Extra-Trainingseinheit ein.«

Wusch! Ein zweiter Papierflieger sauste heran und landete auf Kims Kopf. Jetzt reichte es aber! Kim nahm den Flieger und schoss ihn wütend zurück. »Haut ab!«, flüsterte sie ihren Brüdern zu.

Die prusteten los. Lukas streckte ihr auch noch frech die Zunge raus und rief: »Streuselmonster, Streuselmonster!«

Marie und Franzi hatten die Zwillinge inzwischen auch bemerkt. »Oh Mann!«, stöhnte Franzi. »Die machen noch alles kaputt.«

Als hätte sie es geahnt, hob Ulli in dem Moment den Kopf und starrte zu den drei !!! hinüber. Kim wäre am liebsten im Boden versunken. Jetzt war alles aus! Gleich würde Ulli rüberkommen und sie zur Rede stellen. Kim kniff die Augen zusammen und murmelte: »Nein, bitte nicht!« Als sie die Augen wieder aufmachte, sah Ulli immer noch rüber, aber sein Blick war ausdruckslos.

»Cool bleiben!«, raunte Marie. »Er erkennt uns nicht.« Sie deutete auf die eleganten Hosenanzüge der drei !!!.

Kim klammerte sich an der Tischkante fest, bis die Knöchel ihrer Hände weiß wurden. Die Tarnung ohne Perücken war lächerlich, Ulli würde garantiert nicht darauf reinfallen. Oh nein, jetzt runzelte er die Stirn! Es war zu spät, die Zwillinge hatten alles vermasselt.

Doch plötzlich, wie durch ein Wunder, verlor Ulli das Interesse an den Detektivinnen. Er sah weg und redete wieder auf Karsten ein. Kim keuchte. Das war knapp gewesen!

Wusch! Ein dritter Papierflieger segelte auf den Tisch der Detektivinnen. Diesmal landete er mitten in der Sahne des halb aufgegessenen Freundschaftsbechers. Jetzt reichte es auch Marie und Franzi.

»Ich glaube, wir haben genug gehört«, sagte Franzi.

Marie warf einen Geldschein auf den Tisch. Die drei !!! sprangen auf und rannten auf Ben und Lukas zu.

»Ihr kriegt uns nicht, ihr kriegt uns nicht!«, quietschte Ben.

»Natürlich kriegen wir euch!«, rief Kim.

Gegen die ausgefeilte Verfolgungstechnik der drei !!! hatten die Zwillinge keine Chance. Zehn Sekunden später waren sie umzingelt und wehrten sich vergeblich gegen die Klammergriffe der Detektivinnen.

»Lasst uns sofort los!«, rief Lukas. »Sonst erzählen wir es Mama.«

Kim lachte nur. »Genau das hatte ich vor!«

Hilfe, ein Notfall!

»Auch das noch!«, stöhnte Kim, als sie mit dem Fahrrad auf die Landstraße zum alten Campingplatz einbog. Das war endgültig das letzte Mal, dass sie sich auf die Wettervorhersage verließ. Die hatte für den Sonntag Sonnenschein und 25 Grad angekündigt und jetzt goss es wie aus Kübeln. Innerhalb kürzester Zeit war Kims dünne Strickjacke völlig durchnässt. Sie fror, ihre Jeans klebte an den Beinen und die Sandalen gaben bei jedem Tritt in die Pedale schmatzende Geräusche von sich. »Selbst schuld«, murmelte Kim. Warum hatte sie auch bloß den alten Campingplatz als Treffpunkt vorgeschlagen? Bastian war natürlich sofort begeistert gewesen. Auf der alten, verwilderten Anlage standen nur noch zwei klapprige, leere Wohnwagen. Seit diesen Sommer der neue Campingplatz geöffnet hatte, verirrten sich keine Urlauber mehr hierher. Einen sichereren Ort ohne neugierige Fans und Paparazzi gab es nicht, und es wäre auch alles perfekt gewesen – wenn nur die Sonne geschienen hätte!

Vor lauter Schimpfen hätte Kim beinahe die Abzweigung in den Wald verpasst. Im letzten Moment riss sie den Lenker herum, übersah aber dabei eine riesige Pfütze. Ein Schwall schmutziges Regenwasser spritzte auf ihre Jeans. Erst wollte Kim fluchen, doch plötzlich musste sie lachen. Jetzt war sowieso schon alles egal!

Kurz darauf hörte sie den Fluss rauschen und dann hatte sie auch schon ihr Ziel erreicht. Am großen Eisentor, vor dem verwitterten Holzschild des Campingplatzes, stieg sie vom Fahrrad und wartete auf Marie und Franzi. Die beiden kamen zehn Minuten später wie zwei begossene Pudel an.

Marie hatte superschlechte Laune. »Mein Biker-Outfit ist ruiniert! Das hab ich mir erst gestern gekauft. Ersatzklamotten hab ich auch keine dabei und mein Make-up geht gerade den Bach runter.«

»Ich fürchte, da musst du jetzt durch«, sagte Franzi ungerührt. »Detektive sind bei jedem Wetter im Einsatz, auch bei Regen.«

Marie warf ihr einen bösen Blick zu. »Toll, wie du mich aufmunterst! Das tut sooo gut!«

»Hört auf zu streiten!«, rief Kim. Sie konnte es nicht leiden, wenn Marie und Franzi sich wegen jeder Kleinigkeit in die Haare kriegten. Es gab wirklich Wichtigeres.

Kim öffnete das quietschende Eisentor und betrat den Campingplatz. »Schaut mal!«, sagte sie zu Franzi und Marie. »Da drüben bei dem alten Lindenbaum können wir uns unterstellen. Von dort sehen wir auch sofort, wenn Bastian kommt.«

»Gute Idee«, sagte Franzi. »Ich kann's kaum erwarten. Bastian, süßer Bastian!« Lachend breitete sie ihre Arme aus und ließ den Regen auf ihr Gesicht prasseln.

Der Anblick war so lustig, dass auch Maries Laune schlagartig besser wurde. Kichernd rannten die drei !!! zum Lindenbaum hinüber und lehnten sich keuchend an den starken Stamm, in den bereits viele Verliebte ihre Namen geritzt hatten. Die ausladenden Äste des Baums boten guten Schutz. Kim bekam plötzlich Sehnsucht nach Michi und musste daran denken, wie sie mit ihm auf Franzis Grundstück ein Herz in den alten Lindenbaum geritzt hatte. Auch damals hatte es geregnet, aber trotzdem war es irgendwie romantisch gewesen. So was hatten sie schon lange nicht mehr gemacht …

Marie wischte ein paar Regentropfen von ihrer Armbanduhr. »Zehn nach drei. Langsam könnte Bastian aber auftauchen.«

»Er hatte bestimmt vorher noch einen wichtigen Termin«, sagte Franzi.

»Möglich«, sagte Kim. »Trotzdem könnte er pünktlich sein.«

Je länger sie hier stand und wartete, umso kälter wurde ihr. Sie schlang ihre Arme um die Brust, um sich wenigstens ein bisschen zu wärmen.

Die Minuten vergingen. Es wurde Viertel nach drei, zwanzig nach drei, halb vier. Keine Spur von Bastian und der Regen hörte nicht auf.

»Vielleicht hat er es ja vergessen«, vermutete Marie.

Franzi schüttelte den Kopf. »Das glaube ich nicht. Am Telefon war er doch total gespannt, was es Neues gibt bei unseren Ermittlungen.«

»Oder es ist ihm was Wichtiges dazwischengekommen«, sagte Kim.

Während die drei !!! hin und her rätselten, klingelte plötzlich Franzis Handy. »Das ist er!«, rief Franzi aufgeregt. »Hiii!«, flötete sie mit samtweicher Stimme. »Wie geht's dir, Bastian? … Nein, wir warten noch gar nicht lange, kein Problem. … Du kannst nicht kommen? Warum denn? *Was* ist passiert? … Nein!« Franzi musste sich am Stamm des Lindenbaums festhalten, weil ihre Beine zitterten. »Du Armer! … Was hast du gesagt? Ich kann dich so schlecht verstehen. … Wo bist du jetzt? … Wo du bist? … Sollen wir zu dir kommen? … Bastian? Bastian!« Franzi ließ das Handy sinken. »Verbindung unterbrochen.«

Kim und Marie sahen Franzi beunruhigt an.

»Was ist los?«, fragte Kim. »Ist was Schlimmes passiert?«

Franzi konnte kaum sprechen. »Bastian ... wurde ... verletzt, er ist im Universitätskrankenhaus, in der Notaufnahme. Aber was er genau hat, konnte ich nicht verstehen. Der Empfang war miserabel. Wir müssen sofort zu ihm! Vielleicht ist er lebensgefährlich verletzt, vielleicht stirbt er!«

»Quatsch!«, sagte Marie. »Wenn es ihm so schlecht ginge, hätte er nicht mehr telefonieren können.«

Das leuchtete Franzi ein. Trotzdem zersprang ihr Herz fast vor Sorge.

»Aber du hast recht«, sagte Kim. »Wir sollten sofort ins Krankenhaus fahren. Ich hab so ein komisches Gefühl, dass Bastian sich nicht zufällig verletzt hat. Womöglich steckt Ulli dahinter.«

Franzi ballte ihre Fäuste. »Wenn das wahr ist, drehe ich diesem Ulli eigenhändig den Hals um!«

Die drei !!! düsten auf ihren Fahrrädern zurück in die Stadt. Zum Glück ließ zwischendrin der Regen nach. Als sie mit quietschenden Bremsen vor dem Krankenhaus ankamen, lugte sogar die Sonne heraus. Mit feuchten, dreckigen Klamotten und Schlammspritzern im Gesicht rannten sie zur Notaufnahme. Der Wartebereich war völlig überfüllt. Suchend sahen sie sich um, konnten

Bastian jedoch nicht finden. Sie wollten gerade zum Empfang gehen, um nach ihm zu fragen, als eine junge Ärztin im weißen Kittel auftauchte.

Sofort stürzte Franzi auf die Ärztin zu. »Was ist mit Bastian? Wie geht es ihm? Können wir zu ihm?«

Die Ärztin runzelte die Stirn. »Langsam, langsam! Wer bist du denn? Bist du mit Bastian verwandt?«

Franzi überlegte nicht und schüttelte ehrlich den Kopf. »Nein, bin ich nicht.«

»Tut mir leid«, sagte die Ärztin. »Dann darf ich dir keine Auskunft geben. Und sehen darfst du Bastian auch nicht. Bitte geh wieder nach Hause.«

Marie stöhnte. Warum hatte Franzi die Sache nicht ihr überlassen? Sie hätte die Ärztin ganz leicht um den Finger wickeln können.

»Bitte!«, flehte Franzi die Ärztin an. »Sagen Sie mir, wie schlimm es ist! Ist es lebensgefährlich?«

Die Ärztin schien für einen winzigen Moment zu schwanken, ob sie ihre Schweigepflicht verletzen sollte, aber der Moment ging schnell vorüber. »Tut mir wirklich leid«, sagte sie, drehte sich um und ging hinüber zu einem Kollegen.

Die beiden Ärzte steckten die Köpfe zusammen und unterhielten sich halblaut. Die drei !!! konnten nur Bruchstücke verstehen: »Kompliziert …

auf keinen Fall unterschätzen ... Angehörigen benachrichtigen ... Bin ganz Ihrer Meinung.«

Franzi griff nach Kims Hand. »Habt ihr das gehört? Sie benachrichtigen Bastians Angehörige! So was macht man doch nur, wenn jemand gleich stirbt!«

»Stopp!«, rief Kim. »Wir wissen doch gar nicht, ob sie über Bastian gesprochen haben. Vielleicht kommt er gleich quietschfidel durch diese Tür spaziert.«

Marie nickte. »Ja, genau!«

Franzi sah Kim und Marie prüfend an. So optimistisch, wie die beiden nach außen hin taten, waren sie in Wirklichkeit nicht. Nervös beobachteten die drei !!! die Ärzte, die im Durchgang zu den Behandlungsräumen verschwanden. Franzi versuchte, so ruhig wie möglich zu atmen. Der typische Geruch nach Desinfektionsmitteln und Medikamenten stieg ihr in die Nase. Sie hatte Krankenhäuser noch nie leiden können. Immer wenn sie jemanden dort besuchte, fühlte sie sich gleich selber krank.

»Ich glaube, ich muss mich hinsetzen«, murmelte Franzi. Sie ließ sich auf einen frei gewordenen Stuhl fallen und vergrub ihr Gesicht in den Händen. Bis jetzt war bei ihrer Detektivarbeit noch nie jemand gestorben, aber es gab immer ein erstes Mal!

Kim, Marie und Franzi schwiegen bedrückt. Die Atmosphäre im Wartebereich wurde immer beklemmender. Eine Patientin mit einem blutigen Verband um die Stirn stöhnte leise vor sich hin. Ein junger Mann drückte einen Eisbeutel auf sein blaues Auge.

Schließlich gab Kim sich einen Ruck. »Da drüben ist ein Getränkeautomat. Ich hole uns jetzt erst mal eine eisgekühlte Cola.«

»Gute Idee«, sagte Marie.

Franzi nickte nur. Sie starrte Kim nach, ohne sie zu sehen. Vor ihren Augen flimmerte ein schreckliches Bild. Ein langer Trauerzug, der sich langsam auf den Friedhof zubewegte. Ein schneeweißer Sarg mit einer Schleife in den Vereinsfarben des 1. FC. Die Junioren als Sargträger. Eine riesige Menge trauernder Fans, jeder mit Bastians Foto in den Händen. Und mittendrin sie selbst, das Gesicht von Tränen überströmt, das Herz eine tiefe, offene Wunde, die nie mehr heilen würde …

»Franzi! Deine Cola!«

Erst beim dritten Mal reagierte Franzi. »Danke, Kim.« Sie versuchte, den Verschluss der Coladose zu öffnen, scheiterte aber immer wieder, weil ihre Hände so stark zitterten.

»Lass mich mal«, sagte Marie.

»Danke«, murmelte Franzi. Sie nahm einen

Schluck und setzte die Dose gleich wieder ab. Sie hatte keinen Durst.

Kim leerte ihre Dose in einem Zug. Dann sagte sie: »Wir müssen irgendwas tun. Das Warten macht mich noch ganz verrückt.«

»Mich auch«, sagte Marie. Sie hatte sich vom ersten Schock erholt und sah sich im Wartebereich um. Die Tür zu den Behandlungsräumen stand einen Spaltbreit offen. Am Empfang war gerade niemand. Das war die Gelegenheit.

»Los!«, zischte Marie Kim und Franzi zu.

Bevor die beiden wussten, wie ihnen geschah, schob Marie sie durch die Tür. Der Flur dahinter war leer. Die drei !!! schlichen zum ersten Behandlungsraum. Auch hier war die Tür nur angelehnt.

»Geht ihr vor«, flüsterte Franzi. Bastian mit tausend Schläuchen um sich herum zu sehen, würde sie nicht ertragen.

Kims Puls raste. Trotzdem überwand sie ihre Angst und lugte durch die Tür. Der Geruch nach Desinfektionsmitteln war hier noch stärker. Der Raum war übersichtlich: Es gab nur einen Tisch, einen Stuhl und eine schmale Behandlungsliege. Auf der Liege saß Bastian! Er trug einen Trainingsanzug, blätterte in einer Zeitschrift und sah ziemlich lebendig aus.

»Bastian!«, rief Kim.

Hinter ihr drängten Franzi und Marie in den Behandlungsraum. Franzi bestürmte Bastian sofort mit Fragen: »Wie geht's dir? Was ist passiert? Was sagen die Ärzte? Musst du doch nicht sterben?«

»Sterben? Wie kommt ihr denn darauf?« Bastian lachte trocken. »Ich habe vor, noch lange auf diesem Planeten zu bleiben. Aber wie seht ihr denn aus? Und was macht ihr überhaupt hier? Ich hab dir doch gesagt, Franzi, dass ihr nicht kommen braucht. Es ist alles halb so wild.« Er wollte stark wirken, sah aber ziemlich mitgenommen aus. Wahrscheinlich stand er noch unter Schock.

Franzi schluckte. Dass sie mit völlig verdreckten Klamotten vor Bastian stand, war ihr im Moment völlig egal. »Halb so wild nennst du das?«, sagte sie. »Du rufst uns an, die Verbindung ist auf einmal tot und du bist hier in der Notaufnahme! Wir haben uns riesige Sorgen gemacht.«

»Tut mir leid«, sagte Bastian. »Das wollte ich nicht. Der Empfang hier ist das Letzte. Irgendwann hab ich mein Handy ausgeschaltet. Es ist wirklich nichts Schlimmes. Ich hab wahrscheinlich nur eine leichte Prellung. Morgen spiele ich wieder Fußball, darauf könnt ihr wetten!« Der letzte Satz klang wild entschlossen.

Erst jetzt fiel den Detektivinnen auf, dass Bastian eine Schiene am Knöchel hatte.

»Wie ist das passiert? Hast du dich beim Training verletzt?«, fragte Kim. »Hat Ulli dich gefoult?«

Bastians Gesicht verdüsterte sich. »Das war ein böses Foul, aber es ist nicht beim Training passiert, sondern im Fitnessraum vom Hotel.«

»Erzähl!«, rief Marie ungeduldig.

»Ich hab wie immer mein Trainingsprogramm absolviert«, sagte Bastian. »Erst Cardio, dann den Kraftzirkel. Die Einstiegshilfe einer Maschine war viel zu locker eingestellt. Ich hab es erst gemerkt, als es zu spät war und das viel zu schwere Gewicht auf meinen Knöchel gefallen ist. Da muss jemand dran gedreht haben.«

Franzi spürte, wie kalte Wut in ihr hochstieg. »Ulli! Jetzt ist er zu weit gegangen.«

»Inzwischen glaube ich auch, dass er es war«, sagte Bastian. »Erst hat er mir einen falschen Trainingsplan untergejubelt und heute wollte er mich endgültig aus dem Verkehr ziehen. Aber ich lasse mich nicht so leicht unterkriegen, von ihm schon gar nicht!«

»Sehr gut!«, sagte Kim. »Das ist genau die richtige Einstellung. Ulli hat dich übrigens auch gestern bei seinen Kumpels schlechtgemacht, aber das erzählen wir dir ein andermal, wenn wir mehr Zeit haben. Jetzt brauchen wir Beweise. Hast du Ulli gesehen, als du in den Fitnessraum gegangen bist?«

Bastian schüttelte den Kopf. »Leider nicht. Es könnte jeder aus der Mannschaft gewesen sein. Hannes hat nämlich extra für uns den Fitnessraum des Hotels reservieren lassen. Und wir wissen alle, wo der Schlüssel ist.

»Wusste Ulli, wann du trainieren würdest?«, fragte Marie.

Bastian überlegte kurz. »Ja, klar! Jeder von uns hat feste Trainingszeiten. Es gibt einen Plan, genau wie fürs gemeinsame Training auf dem Platz.«

»Dann war es eindeutig Sabotage.« Franzi zog die Schlussfolgerung, auf die auch Kim und Marie sofort gekommen waren.

»Wir müssen unbedingt in den Fitnessraum, um nach Spuren zu suchen. Wo finden wir denn den Schlüssel?«

»Den hat Tommy, wo genau, weiß ich leider nicht«, sagte Bastian. »Wir müssen den Schlüssel immer persönlich bei ihm abholen. Euch wird er ihn bestimmt nicht freiwillig geben.«

Maries Augen glitzerten unternehmungslustig. »Das lass mal unsere Sorge sein. Wir schaffen das schon. Danke für den Tipp! Dann machen wir uns mal gleich auf die Socken.«

Franzi zögerte. Bastian war zwar zum Glück nicht schlimm verletzt, aber sie hatte gar kein gutes Gefühl dabei, ihn einfach so alleine zu lassen. »Kommst du klar?«, erkundigte sie sich besorgt. »Brauchst du noch irgendwas? Wasser vielleicht oder frisches Obst?«

»Nein, danke!«, winkte Bastian ab. »Mir geht es super. Außerdem kommt sowieso gleich Kai vorbei, um mich abzuholen, sobald die Ärzte mit dem Ergebnis der Röntgenaufnahme zurück sind.«

Franzi war nur halbwegs beruhigt. Am liebsten hätte sie die Röntgenaufnahme abgewartet, aber Kim und Marie drängten zum Aufbruch.

»Rufst du uns später an?«, fragte Franzi.

Bastian nickte und lächelte. Inzwischen sah er schon viel besser aus. Schweren Herzens verabschiedete Franzi sich von ihm und die drei !!! gingen schnell zurück in den Wartebereich, ohne von einem der Ärzte aufgehalten zu werden. Auf dem Weg zum Ausgang kam ihnen Kai entgegen.

»Du willst sicher zu Bastian«, sagte Kim. »Er ist im ersten Behandlungsraum gleich rechts.« Als sie Kais erschrockenes Gesicht bemerkte, fügte sie hinzu: »Es geht ihm gut, keine Sorge!«

Kai sah Kim überrascht an. »Kennen wir uns?«

»Noch nicht«, sagte Marie mit einem geheimnisvollen Augenaufschlag. »Aber wir werden uns sicher bald kennenlernen, wir sind nämlich Freunde von Bastian.« Den Detektivclub erwähnte sie absichtlich nicht, weil sie nicht wusste, ob Bastian seinen Freund eingeweiht hatte.

»Alles klar ...« Kai musterte Kim, Marie und Franzi verwundert. Dann murmelte er: »Ciao!«, vergrub die Hände in seinen Hosentaschen und ging weiter.

Franzi drehte sich um und sah ihm lächelnd nach. Wirklich lieb von ihm, dass er sich so um seinen Freund kümmerte. Jetzt hatte sie auch ein besseres Gefühl. Franzi war noch in Gedanken, da wurde sie plötzlich von einer Blondine unsanft angerempelt.

»He, kannst du nicht aufpassen?«, rief Franzi und merkte erst dann, dass es Jennifer war, Bastians Freundin. Franzi hatte die letzten Tage ziemlich erfolgreich verdrängt, dass es ein Mädchen in Bastians Leben gab, das er liebte, aber jetzt holte die Realität sie mit voller Wucht wieder ein.

»'tschuldigung!«, nuschelte Jennifer und rannte weiter. Sie war wieder top gestylt und trug ein eng anliegendes, perfekt sitzendes Sommerkleid. Nur ihr locker gebundener Pferdeschwanz verriet, dass sie überstürzt aufgebrochen war.

Jennifer holte Kai ein und bestürmte ihn mit Fragen: »Wie geht es Bastian? Er klang so fertig am Telefon. Ist er schlimm verletzt? Hast du ihn schon gesehen?« Jennifer war so aufgelöst und verzweifelt, dass Franzi nicht anders konnte, als Mitleid mit ihr zu haben.

Statt auf die Fragen einzugehen, strahlte Kai Bastians Freundin an. »Hi Jennifer, schön, dich zu sehen!«

»Hallo, Kai!« Ein Lächeln huschte über Jennifers Gesicht, dann wurde sie sofort wieder ernst. »Hast du schon mit einem Arzt gesprochen?«

Kai schüttelte den Kopf und nestelte am Reißverschluss seiner Regenjacke herum.

Jennifer stöhnte. »Lass dir doch nicht alles aus der Nase ziehen!«

»Es ist bestimmt nichts Schlimmes«, sagte Kai. »Komm, lass uns erst mal einen Kaffee trinken, bevor du ihn besuchst.« Er griff nach ihrem Arm.

Jennifer wurde rot und befreite sich aus seinem Griff. »Wie kannst du jetzt bloß an Kaffee denken!« Entrüstet sah sie ihn an, murmelte: »Männer«, und rauschte an Kai vorbei in die Notaufnahme.

»Warte doch!«, rief Kai und rannte ihr nach.

Franzi versuchte nicht daran zu denken, dass Jennifer gleich wieder in Bastians Armen lag und er sie leidenschaftlich küsste, aber es gelang ihr nicht wirklich. Seufzend drehte sie sich zu Kim und Marie um und sagte: »Hoffentlich ist Bastians Knöchel wirklich nur leicht geprellt!«

Spurensuche

Detektivtagebuch von Kim Jülich
Sonntag, 20:03 Uhr

Von wegen, alles ist halb so wild! Gerade hat Bastian angerufen. Im Krankenhaus wollte er vor uns wahrscheinlich den Helden spielen. Sein Sprunggelenk ist so stark verletzt, dass er drei Wochen nicht trainieren darf. Das bedeutet, er fällt für den Rest des Sommertrainings in unserer Stadt aus. Die absolute Katastrophe! Den Vorsprung seiner Teamkollegen wird er nicht so schnell aufholen können und jetzt steht es wirklich in den Sternen, ob er bei der Junioren-WM mitmachen kann. Ulli hat genau das erreicht, was er wollte. Er hat seinen stärksten Konkurrenten ausgeschaltet.

Übrigens wird es immer offensichtlicher, dass er der Täter gewesen ist: Bastian hat im Trainingsplan für den Fitnessraum nachgesehen und festgestellt, dass Ulli vor ihm eingetragen war. Ulli hatte also viel Zeit, um die Maschine zu manipulieren. Ich hoffe bloß, dass er dabei keine Handschuhe getragen hat, damit wir ihn endlich mit seinen Fingerabdrü-

cken überführen können. Alle Beweise, die wir bisher gesammelt haben, reichen leider nicht aus.

Ich komme mir so unfähig vor. Wir hätten Bastian Personenschutz bieten müssen, dann hätten wir seine Verletzung verhindern können. Ausgerechnet bei Bastian, dem berühmten Nachwuchsfußballer, muss unser Detektivclub versagen!

Das Einzige, was wir jetzt noch tun können, ist Schadenbegrenzung. Wir müssen Ulli nachweisen, dass er der Täter ist, und Bastian beim Trainer und der Mannschaft rehabilitieren. Leider konnten wir heute den Fitnessraum nicht mehr durchsuchen. Es war zu spät und außerdem mussten wir irgendwann aus unseren feuchten Klamotten raus, um uns nicht einen fiesen Sommerschnupfen zu holen. Aber das machen wir gleich morgen, während die Junioren beim öffentlichen Training sind. Marie hat auch schon eine super Idee, wie wir an den Schlüssel rankommen könnten, ohne in Tommys Hotelzimmer einbrechen zu müssen. Wenn wir den Schlüssel haben, heißt es hoffen und Daumen drücken, dass Tommy wieder mit zum Training gefahren ist und nicht den Hotelflur vor dem Fitnessstudio bewacht.

Wir müssen es einfach schaffen, Ulli zu überführen!!!

PS: Ich hab Bastian übrigens erzählt, was Ulli für Lügengeschichten über ihn verbreitet, von wegen

Laura und so. Er war total entrüstet und hat beteuert, dass es nur eine Frau in seinem Leben gibt: Jennifer!

Geheimes Tagebuch von Kim Jülich
Sonntag, 20:34 Uhr

Hallo, Ben und Lukas! Wenn ihr Autogramme von Bastian und den Junioren haben wollt, müsst ihr ab sofort sehr, sehr lieb zu mir sein. Ihr wisst, was das bedeutet: Finger weg von meinem Computer und meinem Geheimen Tagebuch! Vielleicht kann ich dann was für euch drehen. Versprechen kann ich euch aber nichts, dass das klar ist!

Nach dem Gespräch mit Bastian hab ich Michi angerufen und so getan, als ob nichts wäre. Ich wollte sehen, ob er von sich aus endlich mit seinem Geheimnis herausrückt. Fehlanzeige! Er hat bloß nach Bastian gefragt und danach, wie wir mit den Ermittlungen vorankommen. Kurz hab ich überlegt, ob ich ihm von Bastians Verletzung erzählen soll, hab es dann aber doch nicht gemacht. (Eiserne Regel unseres Detektivclubs: keine Details der Ermittlungen weitergeben, auch nicht an Freunde und Verwandte!) Außerdem mailen die beiden ja regelmäßig. Bastian kann es Michi auch selbst sagen, wenn er möchte.

Ich frag mich immer noch, was Michi vor mir verheimlicht. Als ich ein bisschen nachgehakt habe,

was er in seiner freien Woche unternommen hat, ist er geschickt ausgewichen. Die Zeit sei so schnell vergangen, kaum hätte er sich einmal umgedreht, sei sie auch schon wieder vorbei gewesen …
Ich habe beschlossen, diesmal ganz cool zu bleiben. Vielleicht ist ja alles ganz harmlos und ich hab völlig umsonst Panik gekriegt. Vielleicht hat Michi irgendeine Überraschung für mich organisiert, ein größeres Geschenk oder so, das er selber bastelt. Andererseits gibt es gerade gar keinen besonderen Grund zu feiern. Ich hab nicht Geburtstag und unser Jahrestag ist auch erst wieder nächstes Jahr am Valentinstag. Nur die Sommerferien stehen an. (Darauf freue ich mich übrigens schon sehr, obwohl wir dieses Jahr wahrscheinlich nicht wegfahren.)
Ich darf nicht weiter nachgrübeln, sonst werde ich noch verrückt!

Am Empfang des *Hotel Olympia* zog Marie alle Blicke auf sich. Kein Wunder! Sie trug ein Kleid in Leoparden-Optik, darunter Netzstrümpfe und lilafarbene High Heels, die perfekt zu ihrem Wildlederhut passten, unter dem eine glänzende, kupferrote Mähne hervorquoll. Mit dem Outfit, das sie schon einmal bei einem anderen Fall getragen hatte, sah sie aus wie ein exotischer Paradiesvogel aus dem Süden.

Der junge Angestellte hinter dem Tresen starrte Marie fasziniert an und stotterte: »W…was kann ich … äh … für Sie tun?«

Marie seufzte theatralisch. »Retten Sie mich, Herr Körner!« Blitzschnell hatte sie den Namen des Angestellten vom Schild auf seiner dunkelblauen Jacke abgelesen. »Mein Orientierungssinn ist eine Katastrophe. Ich verlaufe mich ständig in dieser großen Stadt!«

»Wo möchten Sie denn hin?«, erkundigte sich Herr Körner.

Marie zupfte ihr Kleid zurecht. »Sieht man das nicht? Ich möchte in den Zoo! Der soll ja fantastisch sein, aber wie komme ich da nur hin?«

»Ganz einfach«, sagte Herr Körner und zückte einen Stadtplan. »Wir sind hier«, er machte mit dem Kugelschreiber einen Kreis um das *Hotel Olympia,* »und der Zoo ist in der Innenstadt. Sie gehen vorne raus, dann links und bei der nächsten Kreuzung wieder rechts, bevor Sie …«

»Stopp!«, rief Marie. »Da fängt es schon an. Ich konnte links und rechts noch nie auseinanderhalten. Bitte, Herr Körner! Seien Sie so lieb, begleiten Sie mich kurz zur Drehtür und zeigen Sie es mir.« Sie lächelte so verführerisch, dass der Angestellte sofort hinter dem Tresen hervorschoss und ihr galant seinen Arm anbot.

Kaum hatte er dem Empfang den Rücken zugedreht, kamen Kim und Franzi aus einer Nische und schlüpften hinter den Tresen. Lautlos verschwanden sie hinter der Tür mit der Aufschrift »Privat«.

»Geschafft!«, kicherte Kim. »Marie ist wirklich genial.«

»Die Frau vom Catering-Service auch«, sagte Franzi. »Ihre Beschreibung war perfekt. Da drüben hängt ja das Schlüsselbrett.«

Das Brett war riesig. Es schienen tausend Schlüssel dranzuhängen, aber zum Glück gab es Schilder darunter. Kim entdeckte den Schlüssel zum Fitnessraum zuerst und ließ ihn in ihrer Hosentasche verschwinden. Dann flitzte sie mit Franzi zurück zum Empfang. Herr Körner und Marie waren schon im Anmarsch. Eigentlich hätte der Hotelangestellte sie sehen müssen, aber er hing so bewundernd an Maries Lippen, dass er gar nicht merkte, wie Kim und Franzi unter dem Tresen hervorkrochen und an ihm vorbeihuschten.

»Kann ich sonst noch was für Sie tun?«, fragte Herr Körner und strahlte Marie an.

Marie legte die Hand auf seinen Arm. »Nein, nein, tausend Dank! Ich habe Sie wirklich lange genug aufgehalten, Herr Körner. Jetzt schwirre ich endlich ab in den Zoo. Auf Wiiiedersehen!« Sie warf dem Angestellten eine Kusshand zu und schwebte durch die Drehtür.

Zehn Stockwerke höher stiegen Kim und Franzi aus dem Aufzug und betraten den eleganten Wellnessbereich des Hotels. Hinter der Glastür empfing sie eine Duftwolke aus Limone, orientalischen Gewürzen und einem leichtem Geruch nach Chlor, der aus dem hauseigenen Swimmingpool kam. Kim und Franzi ließen Sauna, Solarium und Schwimmbad links liegen und steuerten auf die Tür am Ende des Flurs zu.

Vorsichtig sah Kim sich um, bevor sie den Schlüssel im Schloss herumdrehte. »Hereinspaziert!«, flüsterte sie und ließ Franzi vorgehen.

Franzi pfiff durch die Zähne. »Wow! Hier ist ja alles vom Feinsten.«

Auch Kim war schwer beeindruckt. Der Fitnessraum erstreckte sich über eine Fläche von mindestens 100 Quadratmetern. Die Wände waren komplett verspiegelt, in den Boden waren kleine, grün schimmernde Fliesen eingelegt und überall standen modernste Geräte herum. Über den Laufbändern und Crosstrainern hingen edle Flachbildschirme und auf einem Beistelltisch konnte man sich gratis mit frischem exotischen Obst, Wasser und Powerriegeln bedienen. Obwohl Kim zu Hause gerade erst eine halbe Tafel Vollmilchschokolade mit Mandelsplittern gegessen hatte, lief ihr das Wasser im Mund zusammen. Die Papaya sah aber auch oberlecker aus!

Franzi hatte ihren sehnsüchtigen Blick bemerkt. »Dafür haben wir jetzt keine Zeit. Los, lass uns anfangen!«

»Ich komm ja schon«, sagte Kim.

Sie gingen hinüber zum Kraftzirkel, dessen Geräte im Halbkreis angeordnet waren. Für Kim sahen die Maschinen alle gleich aus und alle hatten denselben Zweck: ihre Benutzer mit ausgefeilten Foltermethoden zu quälen. »Welche Maschine ist denn nun die, an der Bastian sich verletzt hat?«, fragte sie Franzi. Bastian hatte ihnen die Maschine zwar beschrieben, aber Kim konnte sich nicht mehr genau erinnern.

Franzi brauchte nur ein paar Sekunden, dann steuerte sie auf ein Gerät mit lederbezogenen Holmen zu. »Das ist es! Hier legt man die Unterschenkel drunter, siehst du? Und durch die zu lockere Einstiegshilfe muss das Gewicht auf Bastians Knöchel gefallen sein.«

Kim nickte. »Alles klar!« Sie packte ihren Rucksack aus und holte das Fingerabdruckset heraus. »Hoffentlich war die Putzfrau nicht allzu gründlich!«

Während sie mit einem feinen Marderhaarpinsel den oberen Teil des Geräts mit Rußpulver abpinselte, robbte Franzi mit einer Lupe auf dem Boden herum. Beim näheren Hinsehen stellte sie erfreut fest, dass der Boden nicht besonders sauber war. Vielleicht hatten sie Glück und der Fitnessraum wurde am Sonntag nicht gereinigt. Zuerst suchte Franzi den Bereich rund um das verdächtige Gerät ab. Bei den grün leuchtenden Fliesen war das gar nicht so einfach. Doch plötzlich fiel ihr ein kleiner, ringförmiger Gegenstand auf. Franzi nahm ihn mit der Pinzette auf und präsentierte ihn mit einem triumphierenden Lächeln Kim. »Was haben wir denn da? Einen braunen Haargummi!«

Sofort kam Kim herüber. »Hängt auch noch ein Haar drin?«, fragte sie aufgeregt.

Nach einem prüfenden Blick durch die Lupe schüttelte Franzi den Kopf. »Leider nicht. Aber ich hab schon eine Idee, wem der Gummi gehören könnte: Ulli!«

Kim schlug sich mit der Hand gegen die Stirn. »Klar, du hast recht! Normalerweise trägt er die Haare offen, aber beim Training hat er sie zum Pferdeschwanz zusammengebunden.«

»Genau«, sagte Franzi. »Trotzdem reicht das noch nicht als Beweis. Den Haargummi könnte auch jemand anderes verloren haben. Luca zum Beispiel, der hat auch lange Haare.«

»Stimmt«, seufzte Kim. »Dann mache ich mal lieber weiter mit den Fingerabdrücken.« Sie holte Klebeband und zog es vorsichtig ab, um es anschließend auf ein Spezialpapier zu kleben.

Konzentriert starrte sie auf das Ergebnis, konnte aber keinen einzigen Fingerabdruck erkennen.

»Mist!«, murmelte Kim. »Ulli ist cleverer, als ich dachte. Er muss Handschuhe getragen haben.«

Franzi sah vom Boden hoch und machte ein enttäuschtes Gesicht. »Das hab ich schon befürchtet. Willst du mir beim Suchen helfen?«

»Klar«, sagte Kim.

Gemeinsam robbten sie eine Weile schweigend über den Boden. Plötzlich stieß Kim einen spitzen Schrei aus. »Ich hab was!«

Sofort schöpfte Franzi neue Hoffnung. »Was denn? Noch ein Haargummi?«

»Nein, irgendein Plastikteil«, sagte Kim. Ratlos hielt sie mit der Pinzette ein Stück orangefarbenes Plastik hoch, das an den Rändern leicht gewölbt war.

Franzi betrachtete es stirnrunzelnd. »Hmm ... irgendwie kommt mir das Teil bekannt vor. Diese feinen Rillen und das Material ...« Auf einmal leuchteten ihre Augen auf. »Das gehört zu einem Werkzeuggriff! Mein Vater hat genau solche Schraubenzieher mit orangefarbenen Plastikgriffen. Das war ein Sonderangebot aus dem Baumarkt.«

»Du meinst, Ulli hat mit dem Schraubenzieher an der Maschine herumgedreht und dabei muss das Teil abgesprungen sein?«, fragte Kim.

»Genau das meine ich!«, sagte Franzi.

Kim steckte das Plastikteil in ein kleines Tütchen und verschloss es sorgfältig. »Ich finde, wir haben genügend Beweise gesammelt, Fingerabdrücke hin oder her. Jetzt knöpfen wir uns Ulli vor!«

Michis Geheimnis

»Schmeckt es dir nicht?«, fragte Michi besorgt. »Du isst ja gar nichts.«

»Wie? Was? Doch, doch!«, sagte Kim. Schnell schob sie sich eine Gabel Rührei in den Mund und lächelte Michi an. Sie hatte sich so gefreut, als er gestern plötzlich angerufen und sie ins *Café Wassermann* eingeladen hatte. Dort gab es eine super Frühstücksauswahl und das Beste war, dass man auch nachmittags nach der Schule noch frühstücken konnte.

Michi sah sie über den Rand seines Käsetellers hinweg neugierig an. »Du denkst bestimmt an eure Ermittlungen, stimmt's? Ich weiß, dass du nichts erzählen darfst, aber verrätst du mir wenigstens, ob ihr gut vorankommt?«

Kim nahm einen Schluck von ihrer Latte Macchiato und nickte. »Es läuft super, danke.« In Wirklichkeit war sie ziemlich enttäuscht von der gestrigen Spurensuche im Fitnessraum, aber das wollte sie nicht mal sich selber gegenüber eingestehen. Gestern im Hauptquartier bei der Clubsitzung war sie noch Feuer und Flamme gewesen, aber jetzt erschien ihr der Plan, Ulli heute Abend vor dem Hotel abzupassen und ins Kreuzverhör zu nehmen, total verrückt. Sie hatten jede Menge Vermutungen und verdächtige Hinweise gegen ihn, aber nachweisen konnten sie ihm letztlich gar nichts.

»Und Bastian? Geht es ihm gut?«, fragte Michi.

»Hmm …«, machte Kim, weil sie gerade den Mund voller Schokocroissant hatte. Sie war froh, nicht direkt lügen zu müssen. Michi wusste offensichtlich noch nichts von Bastians Verletzung, aber wenn sie ihm davon erzählte, würde er sicher tausend Fragen stellen, also ließ sie es lieber bleiben. »Wie geht's denn dir? Gibt's irgendwas Neues?«, wechselte sie geschickt das Thema.

Michi zögerte kurz. »Bei mir? Nö, alles im grünen Bereich. Aber ich wollte dich was fragen …«

»Ja?« Kims Herz klopfte schneller. Würde er ihr jetzt endlich sein Geheimnis verraten oder ihr ein Geschenk überreichen?

»Fällt dir irgendwas auf an mir?« Michi rutschte auf seinem Stuhl nach vorne und richtete sich kerzengerade auf.

Kim musterte ihn überrascht: sein süßes Gesicht, das sie so gut kannte, die dunkelbraunen

Strähnen, die ihm ins Gesicht fielen, die blaugrünen Augen und die vielen Sommersprossen auf der Nase. Michi trug sein rotes Lieblings-T-Shirt und Jeans, aus deren Hosentasche der Schlüsselanhänger lugte, den Kim ihm zum einjährigen Jubiläum geschenkt hatte. Alles war wie immer. »Nein, mir fällt nichts auf«, sagte sie schließlich ehrlich.

Michi seufzte. »Okay. Hätte ja sein können.« Dann beugte er sich über seinen Teller und machte sich über den Emmentaler Käse her.

Kim verstand immer weniger. »Hab ich irgendwas nicht mitbekommen? Warst du beim Friseur?«

»Nein«, seufzte Michi enttäuscht. »Ist schon gut. War 'ne blöde Frage.«

»Bitte erzähl mir endlich, was los ist!«, sagte Kim. »Du hast doch was! Schon seit einer Woche bist du so komisch. Wir haben doch ausgemacht, dass wir uns vertrauen und über alles reden können.«

»Können wir ja auch«, nuschelte Michi. »Aber es ist nichts, wirklich!«

Die Art, wie er es betonte, machte Kim stutzig. Es lag eindeutig was in der Luft. Trotzdem wusste sie, dass es keinen Sinn hatte, weiter nachzubohren. Das mochte Michi nämlich überhaupt nicht.

»Und, hast du schon Pläne für die Sommerferien?«, fragte er und versuchte, einen harmlosen Ton anzuschlagen.

Kims Herz zog sich zusammen. Was war, wenn er doch eine andere Freundin hatte? Schnell schob sie den Gedanken ganz weit weg und antwortete kühl: »Noch nicht. Ich lasse es auf mich zukommen. Und du?«

»Ich wollte gern mal wieder was mit Rolf unternehmen«, sagte Michi. »Vielleicht eine Woche Mountainbiken, oder wir fahren …«

Den Rest bekam Kim nicht mehr mit, weil in dem Moment die Tür des Cafés aufging und Bastian hereinspazierte. Beinahe wäre Kim aufgesprungen und hätte ihn begrüßt, da sah sie gerade noch rechtzeitig, dass er nicht alleine war. Hinter ihm betrat ein attraktives dunkelblondes Mädchen das Lokal. Sie trug einen ausgefransten Jeans-Mini, der ihre Endlosbeine betonte, und drei lange Silberketten um den Hals, die super zu ihren strahlend blauen Augen passten.

»Wo magst du dich hinsetzen, Laura?«, fragte Bastian.

Das Mädchen kicherte. »Ist mir egal. Wohin du willst!«

Bastian wählte einen Tisch beim Fenster und rückte einen Stuhl heran, um sein Bein hochzulagern. Laura strich liebevoll über sein verletztes Sprunggelenk, das mit einer festen Schiene geschützt war. Bastian legte den Arm um Laura. Sofort kuschelte sie sich an seine Brust.

Laura, Laura … Kim brauchte ein paar Sekunden, bis es ihr wie Schuppen von den Augen fiel: Laura war die Exfreundin von Torwart Karsten! Ulli hatte gar keine Lügengeschichten verbreitet. Die beiden hatten tatsächlich was miteinander, obwohl Bastian doch mit Jennifer zusammen war! Kim konnte es einfach nicht glauben. Sie musste immer wieder zum Tisch der beiden hinübersehen. Gerade bestellten sie bei der Bedienung ihre Getränke, und sobald sie wieder alleine waren, gab Bastian Laura einen Kuss auf den Mund. Jetzt gab es keinen Zweifel mehr: Er betrog seine Freundin mit einer anderen!

»Da ist ja Bastian!«, sagte Michi, der den Fußballer erst jetzt entdeckt hatte. »Wollen wir zu ihm rübergehen?«

Kim schüttelte entsetzt den Kopf. »Ich glaube, das ist keine gute Idee. Du siehst doch, dass er … beschäftigt ist.«

»Stimmt«, sagte Michi und grinste breit. »Sieht süß aus, das Mädchen … äh … natürlich bist du tausendmal hübscher!«, legte er schnell nach.

Kim glaubte ihm kein Wort. Plötzlich wurde ihr übel und das Rührei drehte sich in ihrem Magen um. Kim griff nach ihrer Tasche. Die Lust auf ein romantisches Frühstück am Nachmittag war ihr endgültig vergangen. »Ich muss los«, sagte sie, stand auf und schob den Stuhl nach hinten.

»Was, jetzt schon?«, fragte Michi bestürzt. »Es tut mir leid, vergiss meine letzte Bemerkung, die war total daneben.«

»Allerdings«, sagte Kim, warf Michi einen wütenden Blick zu und rannte aus dem Café. Das war ja wohl das Allerletzte! Sie fühlte sich doppelt betrogen: von Michi und von Bastian. Warum hatte er den drei !!! nicht die Wahrheit gesagt? Hatte er ihnen womöglich noch andere Dinge vorenthalten, die sie lieber nicht wissen sollten?

»Kim, Kim!«, rief jemand ihr nach.

Sie drehte sich um und sah Bastian auf sich zulaufen. Er humpelte leicht und das schlechte Gewissen stand ihm offen ins Gesicht geschrieben. »Bitte warte auf mich! Es ist nicht so, wie du denkst.«

»Ach, und wie ist es dann?«, fragte Kim zurück. »Ich dachte, es gibt nur eine Frau in deinem Leben.«

»Das stimmt ja auch!« Bastian knetete seine Hände. »Laura … das bedeutet gar nichts, das war nur ein kleiner Ausrutscher. Ich liebe Jennifer, das musst du mir glauben.«

Kim verschränkte die Arme vor der Brust und sagte erst mal gar nichts.

Bastian sah sie flehend an. »Bitte erzähl niemandem etwas davon, sonst hab ich sofort die Paparazzi am Hals.«

Darum ging es ihm also, deshalb war er ihr nachgelaufen! Kim fand es merkwürdig, dass er zuerst an die Paparazzi und seinen Ruf dachte und nicht an Jennifer. »Hör mal«, fing sie an, »dein Privatleben geht mich natürlich nichts an. Du brauchst dir keine Sorgen machen, ich verrate nichts. Trotzdem muss ich wissen, ob du uns auch bei anderen Dingen angelogen hast.«

Bastian hob die Finger seiner rechten Hand. »Ich schwör dir, sonst hab ich immer die Wahrheit gesagt! Es stimmt alles: die SMS, der falsche Trainingsplan und das manipulierte Fitnessgerät.«

Seine Augen waren offen und ehrlich. Kim glaubte ihm, aber ein bisschen sauer war sie schon noch auf ihn. Sie holte tief Luft und sagte schließlich: »Okay, Schwamm drüber. Vergessen wir das Ganze. Ich wollte dich übrigens sowieso noch anrufen. Heute Abend werden wir uns Ulli schnappen und ihn ins Kreuzverhör nehmen. Er wird garantiert einknicken und alles gestehen. Drück uns die Daumen!«

»Mach ich!«, sagte Bastian. »Ich wünsch euch

viel Glück. Aber jetzt muss ich wieder zurück ins Café. Laura wartet …«

»Klar«, sagte Kim, konnte sich aber ein spöttisches Grinsen nicht verkneifen.

Als Bastian weg war, drehte sie sich um und starrte ihm nach. Dann fiel ihr plötzlich auf, dass Michi ihr nicht nachgelaufen war. Lag ihm so wenig an ihr? Tränen stiegen ihr in die Augen und Kim musste schlucken. Dann zwang sie sich, an das Kreuzverhör mit Ulli zu denken. Das würde sie hoffentlich ablenken!

Das perfekte Alibi

»Zielobjekt immer noch in der Lobby«, flüsterte Marie in ihr Handy, »aber es kann nicht mehr lange dauern. Wie steht's bei euch? Habt ihr alles vorbereitet?«

»Alles startklar«, bestätigte Kim. »Franzi und ich sind am vereinbarten Ort eingetroffen. Das Catering steht. Sieht lecker aus. Schmeckt sicher auch lecker …«

»Untersteht euch, was davon zu naschen!«, rief Marie.

Kim kicherte. »Keine Sorge. Es bleibt alles unangetastet. Aber den Kühlschrank können wir schon inspizieren, oder?«

»Klar«, sagte Marie. »Bedient euch ruhig. Es ist übrigens noch ein Rest Auberginenauflauf da. Ihr wisst schon: Spezialrezept von Helmut Grevenbroich.«

»Verstanden«, sagt Kim. »Auflauf wird eliminiert. Viel Glück!«

»Danke, Gespräch Ende!« Marie steckte ihr Handy ein und musste grinsen. Dann konzentrierte sie sich wieder auf den Eingang zum *Hotel Olympia*. Sie hätte lieber nicht vom Auberginenauflauf ihres Vaters reden sollen. Jetzt knurrte prompt ihr Magen. Trotzdem fand sie ihre Aufgabe tausendmal spannender, als zu Hause in ihrer Penthousewohnung herumzuhängen und zu warten, bis die Operation Kreuzverhör endlich losgehen konnte.

Von Minute zu Minute stieg Maries Lampenfieber. Auf einmal war sie sich gar nicht mehr sicher, ob der Plan überhaupt funktionieren würde. Alles hing davon ab, ob Ulli sie wiedererkennen würde oder nicht. Nervös überprüfte Marie mindestens zum zehnten Mal in der Spiegelung der Schaufensterscheibe ihr Outfit: Sie hatte sich für eine Kombination aus schwarzen Lederleggins, Plateauschuhen und einer Tunika aus weich fließender, silbrig glänzender Seide entschieden. Dazu passte die schwarze Perücke im strengen Pagenschnitt perfekt. Mit Make-up hatte Marie diesmal auch nicht gespart. Dadurch sah sie mindestens drei Jahre älter aus.

Marie war so in ihr Spiegelbild vertieft, dass sie beinahe den entscheidenden Moment verpasst hätte. Ulli kam durch die Drehtür! Er trug ein weißes T-Shirt und eine Leinenhose und hatte sein Notebook dabei. Nach einem kurzen Gespräch mit dem Türsteher lief er los.

Marie wartete, bis er ein paar Schritte vom Hotel weg war. Danach atmete sie tief durch und steuerte mit einem strahlenden Lächeln auf ihn zu. »Hi!« Sie ließ ihre Stimme eine halbe Oktave tiefer rutschen, bis sie sich wie die von Marlene Dietrich anhörte. »Ich bin Svenja und du bist Justus Jonas, nicht wahr?«

»Psst!«, machte Ulli, »nicht so laut! Der Name soll doch geheim bleiben.«

Marie alias Svenja zwinkerte ihm verschwörerisch zu. »Ja, klar, natürlich! Entschuldige bitte.«

Ulli musterte sie von Kopf bis Fuß. »Woher kennst du eigentlich meinen Namen? Ich hab dich noch nie gesehen.«

Er war auf ihre Tarnung hereingefallen! Beinahe hätte Marie vor Freude einen Luftsprung gemacht. Stattdessen klimperte sie verführerisch mit ihren schwarz getuschten Wimpern. »Woher ich deinen Namen kenne? Das ist mein süßes Geheimnis. Und ich habe noch ein zweites Geheimnis.« Sie holte aus ihrer Umhängetasche die neueste Ausgabe eines bekannten Fußballmagazins. »Hier auf diesem Cover wird in der nächsten Ausgabe dein Foto sein. Und darunter die Headline: Exklusivinterview mit dem neuen Star am Fußballhimmel. Na, was sagst du dazu?«

Ulli klappte seinen Mund auf und vergaß, ihn

wieder zuzumachen. »Äh …« war das Einzige, was er herausbrachte.

»Auf diesen Augenblick hat die Welt gewartet«, sagte Marie. »Drei Doppelseiten in Farbe, Hochglanzfotos vom Feinsten. Die Fans werden begeistert sein und ich freue mich wahnsinnig, dich endlich näher kennenzulernen und ein wunderbares, spannendes Interview mit dir führen zu dürfen.«

Ulli starrte sie sprachlos an. Er schwankte noch, ob er Marie glauben sollte, aber die Komplimente hatten ihre Wirkung nicht verfehlt. Er sonnte sich darin und lächelte geschmeichelt. Schnell machte Marie weiter: »Du hast es erraten, ich bin Sportreporterin und habe den fantastischen Auftrag, dich zu interviewen. Es gibt nur einen klitzekleinen Haken bei der Sache.«

Ullis Lächeln fror kurz ein. »Welchen Haken denn?«

Marie räusperte sich scheinbar verlegen. »Der Redaktionsschluss ist schon morgen. Wir wollen dich aber unbedingt in der nächsten Ausgabe drinhaben. Du müsstest sofort mitkommen, in unser Penthouse, das wir extra für das Interview angemietet haben. Selbstverständlich haben wir dort Champagner und kleine Häppchen für dich vorbereitet.«

»Champagner!« Ulli ließ sich das Wort auf

der Zunge zergehen. Offenbar war Alkohol für die U17-Mannschaft tabu und Marie hatte genau ins Schwarze getroffen. »Ein Exklusivinterview? Jetzt sofort?« Er warf einen Blick auf seine Armbanduhr. »Hmm ... eigentlich bin ich verabredet, aber der Termin ist nicht so wichtig. Einverstanden! Ich bin dabei.«

Marie klatschte in die Hände. »Ich wusste es! Deine Fans werden dir ewig dankbar dafür sein!«

Ulli winkte lässig ab. »Schon gut.« Dann sah er Marie neugierig an. »Wo ist denn dieses Penthouse?«

Marie machte eine einladende Handbewegung in Richtung Süden. »Nur ein paar Straßen weiter. In zehn Minuten sind wir da.«

»Dann mal los!«, sagte Ulli unternehmungslustig.

Kurz darauf waren sie am Ziel, einem eleganten Altbau. Marie schloss die Tür auf und holte den Aufzug, der sie in den obersten Stock zur Penthousewohnung brachte, die Marie zusammen mit ihrem Vater bewohnte.

»Hereinspaziert!«, sagte Marie. »Das Wohnzimmer ist gleich rechts.«

Ulli betrat den hellen großen Flur. An der Schwelle zum Wohnzimmer pfiff er durch die Zähne. »Cool!« Anerkennend betrachtete er das glänzende Parkett mit den Orientteppichen, das riesige DVD-Regal und den Flachbildfernseher. Am Schluss blieb sein Blick an der weißen Sofalandschaft aus Leder hängen beziehungsweise an den zwei attraktiven jungen Frauen, die darauf saßen. Die eine hatte schulterlange blonde Locken und sah aus wie eine Barbie, die andere betonte mit ihren ultrakurzen braunen Haaren und dem schmalen Hosenanzug ihre sportliche Persönlichkeit.

»Du bist nicht alleine?«, fragte Ulli überrascht.

Marie nickte. »Es ist dir doch hoffentlich recht? Darf ich vorstellen? Mein Dream-Team: Kimberly und Franka.«

»Hiii!«, riefen Kim und Franzi wie aus einem Mund.

Ulli grinste begeistert. »Hi!«

»Meine Assistentinnen unterstützen mich beim Interview und haben auch jede Menge Fragen an dich«, erklärte Marie. »Das Fotoshooting können wir übrigens gleich im Anschluss machen, dann werden noch mein Make-up-Artist und unser Profifotograf dazukommen.« Die faustdicken Lügen am Schluss brachte Marie völlig selbstverständlich rüber. Sie klatschte in die Hände. »Aber bevor wir anfangen, sollten wir unbedingt ein paar Häppchen essen und dazu ein Gläschen Champagner trinken.«

Ulli war schwer beeindruckt. »Unbedingt«,

murmelte er, legte sein Notebook auf den Glastisch und ließ sich zwischen Kim und Franzi ins Sofa sinken.

Die beiden reichten ihm eine Platte mit belegten Brötchen, die sie vorher liebevoll mit Gürkchen, Schnittlauch und frischen Erdbeeren dekoriert hatten. Ulli griff gerne zu.

»Bin sofort wieder da«, flötete Marie und verschwand. In der Küche holte sie eine Champagnerflasche aus dem Kühlschrank, die ihr Vater vor Kurzem zusammen mit Freunden geleert hatte. Marie hatte die Flasche aus dem Altglas-Korb gefischt und mit selbst gemachter Holunderlimonade gefüllt. Sie füllte den »Champagner« in Sektgläser und stellte die Gläser zusammen mit der Flasche auf ein Tablett. Als sie zurückkam, hatte Ulli bereits vier Brötchen verputzt. Er war richtig gut drauf und alberte mit Kim und Franzi herum.

Marie reichte ihm ein Sektglas. Dann prosteten die drei !!! Ulli zu und riefen: »Cheers!«

»Hmm, lecker!«, schwärmte Ulli. Ihm war überhaupt nicht aufgefallen, dass er Limonade statt Champagner trank.

Kim, die schon befürchtet hatte, dass im letzten Moment noch alles auffliegen würde, drückte erleichtert auf die Starttaste des Aufnahmegeräts.

Marie rückte einen Ledersessel an Ulli heran. »Als Erstes wollen wir natürlich wissen: Wie fühlt es sich an, der Star der U17-Mannschaft zu sein?«

»Sehr gut!«, sagte Ulli.

»Wenn man so talentiert und erfolgsverwöhnt ist wie du, gibt es sicher viele Neider, oder?«, hakte Marie nach. »Teamkollegen, die vergeblich um Aufmerksamkeit kämpfen und es einfach nicht schaffen.«

Ulli krauste die Stirn. »Ja, schon ... Aber damit muss man leben. Ich hab mich längst daran gewöhnt.«

»Gab es schon mal jemanden, der dich ausbooten wollte?«, fragte Franzi so harmlos wie möglich.

»Ausbooten? Nicht dass ich wüsste«, sagte Ulli. »Wieso?«

Kim lächelte. »Wir fragen deshalb, weil wir aus Insiderkreisen gehört haben, dass einem deiner Teamkollegen so was passiert ist. Ihm wurde richtig übel mitgespielt in letzter Zeit und jetzt ist sein Platz in der Mannschaft gefährdet.«

»Ihr meint Bastian?«, fragte Ulli. »Ja, stimmt. Der hat wirklich Pech gehabt.«

Marie rückte mit ihrem Sessel noch ein Stückchen näher. »War es Pech? Oder hat da vielleicht jemand nachgeholfen? Entschuldige, dass ich kurz vom Thema abkomme, aber wir wollen neben dem Interview auch noch eine Hintergrundstory machen. Wenn du uns dabei helfen könntest, wäre das super.«

»Klar, gerne«, sagte Ulli arglos.

Franzi legte gleich nach: »Weißt du zufällig, wer Bastian einen falschen Trainingsplan untergeschoben hat?«

»Tut mir leid, das weiß ich nicht«, sagte Ulli. »Ich dachte eigentlich, das wäre eine Ausrede von ihm gewesen.«

Kim schüttelte den Kopf. »Das war es definitiv nicht. Hier, sieh mal!« Sie holte eine Klarsichthülle aus ihrer Tasche und präsentierte Ulli zwei DIN-A4-Blätter. »Das ist der offizielle Trainingsplan und das ist der gefälschte, den nur Bastian bekommen hat.«

Ulli beugte sich neugierig über die Blätter. »Tatsächlich! Wer macht denn so was?«

»Das interessiert uns auch brennend«, sagte Marie. »Wir tippen darauf, dass es dieselbe Person war, die auch die SMS mit den fiesen Drohungen an Bastian geschickt hat.«

Ulli krauste wieder die Stirn. »Welche SMS? Was für Drohungen? Davon hat Bastian gar nichts erzählt.« Ulli spielte immer noch den Ahnungslosen, aber die drei !!! fielen nicht darauf herein.

»Er wollte es nicht an die große Glocke hängen«, sagte Franzi. »Außerdem wusste er, dass der Verräter einer seiner Teamkollegen ist.«

Franzi fasste kurz die Botschaften der SMS zusammen.

»Mannomann!«, rief Ulli entrüstet und nahm sich noch ein Brötchen mit Schinken. »Das ist ja echt fies. Bastian sollte mal nach dem Absender forschen.«

»Das hat er natürlich sofort getan«, sagte Kim. »Leider ohne Erfolg. Der Absender war clever. Er hat die Nummer unterdrückt. Hier ist übrigens ein Foto der Rechnung. Das Handy wurde vor zwei Wochen gekauft, genau zu dem Zeitpunkt, als Bastian die erste SMS bekam.« Kim legte zum Beweis Maries Foto auf den Glastisch.

Ulli blieb der letzte Bissen seines Brötchens im Hals stecken. Er musste furchtbar husten. Marie klopfte ihm auf den Rücken, und als er endlich wieder Luft bekam, sagte er keuchend: »Wie seid ihr an diese Rechnung gekommen?«

Franzi lächelte bescheiden. »Wie gesagt, wir verfügen über Insiderkontakte. Warum fragst du?«

»Nur so …«, wich Ulli aus.

»Kennst du die Rechnung?«, bohrte Kim nach.

»Nein … äh … ja …«, stammelte Ulli. »Mensch! Ihr bringt mich ganz durcheinander.« Ulli wischte sich nervös ein paar Krümel von der Hose. Dann sah er Kim, Franzi und Marie misstrauisch an. »Was läuft hier eigentlich? Ich dachte, ihr wollt mich interviewen, nicht verhören.«

Marie lachte, als hätte Ulli einen Scherz gemacht. »Verhören? Das würden wir doch nie wagen bei einem Star wie dir! *Du* hast nichts mit dem Mobbing zu tun, das ist doch klar. Du musst das verstehen. Wir sind Journalistinnen und an einer heißen Story dran. Wir wollen diese Sache unbedingt aufdecken. Jeder Hinweis kann uns weiterhelfen, und falls du die Rechnung wirklich schon mal gesehen hast …« Marie legte die Hand auf Ullis Arm und schenkte ihm ein verführerisches Lächeln.

Ulli lächelte zurück. Als er merkte, dass auch Kim und Franzi ihn immer noch mit bewundernden Blicken ansahen, wurde er wieder lockerer. »Also, die Sache ist die …« Er räusperte sich und starrte auf das Aufnahmegerät. »Können wir das Teil kurz abschalten? Das muss unter uns bleiben.«

»Klar«, sagte Kim. Sie schaltete das Gerät aus, drückte aber gleich wieder auf die Starttaste, als Ulli sich von ihr wegdrehte.

»Die Sache ist die«, fing Ulli noch mal an, »ihr habt die falsche Rechnung erwischt. Das Handy ist nämlich von mir. Meine … äh … Mutter hat es mir geschenkt.« Ulli lief rot an. »Sie hat es für mich gekauft und mir den Beleg gegeben, damit ich die Ausgabe beim Finanzamt absetzen kann. Der Vertrag läuft über sie, es ist eigentlich ihr Zweithandy. Ich wollte es nicht, aber sie hat es mir aufgedrängt, damit sie mich immer erreichen kann. Ich benutze es nur, wenn sie mich anruft. Sonst habe ich mein eigenes Handy!«

Marie und Franzi tauschten hinter Ullis Rücken einen kurzen Blick aus. Sie glaubten ihm kein Wort.

»Mütter können echt nervig sein!«, sagte Kim scheinbar mitfühlend. »Meine Mutter packt mir immer viel zu warme Sachen ein, wenn ich verreise. Und sie stickt total peinliche Monogramme in meine Handtücher.« Das war nicht mal gelogen.

Ulli lachte. »Meine Mutter ist noch schlimmer! Seht mal …« Er kramte in den Taschen seiner Cargohose und streckte Kim ein silberfarbenes Handy hin. Es war kein neues Modell und sah auch nicht besonders cool aus. Außerdem schien es auf der Vorderseite bereits beschädigt zu sein. Auf den zweiten Blick entdeckte Kim jedoch, dass die Kratzer in Wirklichkeit eine Gravur waren. »Für Zuckerle«, las Kim vor und musste kichern. Marie und Franzi waren platt. Hatte Ulli etwa doch die Wahrheit gesagt? Aber selbst wenn, hätte er auch von diesem Handy die SMS abschicken können.

»Du Armer!«, sagte Marie. »Das ist ja echt voll peinlich. Komm, trink noch einen Schluck Champagner.«

Ulli grinste. »Gute Idee.«

Während Marie ihm einschenkte, schob Kim schnell das Handy auseinander und checkte den Nachrichtenspeicher. Der Posteingang war voller SMS von Ullis Mutter, bei den gesendeten Nachrichten war dafür gähnende Leere. Schade! Bestimmt hatte er sie alle sofort gelöscht. Kim gab Ulli das Handy zurück und griff ein zweites Mal in ihre Tasche. Diesmal holte sie die Plastiktütchen mit dem Haargummi und das abgebrochene, orangefarbene Plastikteil heraus.

»Was ist das denn?«, wollte Ulli sofort wissen.

»Wichtige Indizien«, sagte Franzi. »Beides haben wir im Fitnessraum neben der Maschine gefunden, die manipuliert wurde. Es war natürlich kein Zufall, dass Bastian sich das Sprunggelenk verletzt hat.«

Ulli nickte. »Das glaube ich auch. Da hat irgendeiner herumgeschraubt.« Er sagte es so, als hätte er damit nicht im Entferntesten etwas zu tun.

»Das Plastikteil stammt von einem Werkzeug, wahrscheinlich von einem Schraubenzieher«, sagte Marie. »So viel wissen wir schon. Leider sind keine Fingerabdrücke drauf. Der Täter hat

Handschuhe getragen und er hat vermutlich diesen Haargummi verloren.« Marie wedelte mit dem Plastiktütchen vor Ullis Nase herum. »Luca hat doch lange Haare, nicht?«

»Luca?« Ulli schüttelte heftig den Kopf. »Der war es garantiert nicht. Luca könnte keiner Fliege was zuleide tun.«

»Hmmm …«, machte Kim. »Hat noch jemand in eurer Mannschaft lange Haare?«

Die drei !!! musterten Ullis Lockenkopf, als würde er ihnen jetzt erst auffallen.

Plötzlich wurde Ulli sauer und sprang auf. »Was soll das Ganze eigentlich? Das ist kein Interview! Ihr habt mich angelogen. Ihr wollt mir unterstellen, dass ich Bastian das alles angetan habe.«

»Und, hast du es getan?«, fragte Franzi leise.

Ulli tippte sich mit dem Finger gegen die Stirn. »Ich habe gar nichts getan! Das ist eine ganz gemeine Unterstellung. Ihr seid gar keine Journalistinnen, stimmt's? Wer seid ihr wirklich und was wollt ihr von mir?«

Sie konnten Ulli nicht länger hinhalten, der Moment der Wahrheit war gekommen. Kim gab Ulli eine Visitenkarte der drei !!! und sagte ruhig: »Wir sind Detektivinnen.«

»Und wir ermitteln im Fall Bastian«, fügte Marie hinzu.

»Detektivinnen? Hä? Wollt ihr mich auf den Arm nehmen?«, rief Ulli.

Franzi sah Ulli scharf an. »Keineswegs. Gib endlich zu, dass du es getan hast! Alle Beweise sprechen gegen dich und du hast ein starkes Motiv: Du bist nämlich noch nicht fest in der U17-Mannschaft dabei, genau wie Bastian.«

»Ich gebe gar nichts zu. Ihr seid ja total verrückt!« Ulli tigerte wie ein gefangenes Raubtier im Käfig hin und her. Dann lachte er plötzlich laut auf. »Ha! Ihr könnt mir gar nichts nachweisen. Ihr habt ja nicht mal Fingerabdrücke!«

»Stimmt«, gab Kim zu. »Aber wir haben was viel Besseres: Du warst zur Tatzeit im Fitnessraum. Hier!« Kim tippte auf den Trainingsplan des Fitnessraums, den Bastian ihnen gegeben hatte. »Du hast am Sonntag vor Bastian trainiert. Da steht dein Name, schwarz auf weiß. Oder willst du das auch leugnen?«

Ulli stöhnte. »Ich war am Sonntag nicht im Fitnessraum. Ich hab das Training … äh … ausfallen lassen, weil ich dringend wegmusste mit dem Zug … zu einem Termin in einer anderen Stadt.«

»Mitten in der Trainingsphase?«, hakte Marie nach. »Hannes hat dich gehen lassen, einfach so?«

Ulli lief knallrot an. »Ich hab ihn nicht gefragt«, murmelte er schuldbewusst. Panik blitzte in seinen Augen auf. »Wenn ihr das weitererzählt, könnt ihr was erleben! Hannes hat nichts gemerkt. Ich war nur ein paar Stunden weg.«

Jetzt war Kim auf Ullis Alibi gespannt. »Und, in welcher Stadt warst du? Was hast du dort gemacht?«, fragte sie.

»Das geht euch gar nichts an! Ich muss mich doch vor euch nicht rechtfertigen. Mir reicht es, ich geh jetzt!« Ulli war bereits auf dem Sprung zur Haustür, als Marie ihm nachrief: »Du weißt schon, dass du dich damit noch verdächtiger machst, oder? Wenn du nichts zu verbergen hast, musst du auch nichts befürchten.«

Ulli blieb stehen und kehrte um. »Ich hab nichts zu verbergen.« Er stöhnte wieder. »Okay, okay! Ihr lasst mir ja doch keine Ruhe. Also, wenn ihr es unbedingt wissen wollt: Meine Mutter hat mich am Sonntagmorgen angerufen und eine Riesenszene gemacht. Es würde ihr total schlecht gehen und ich müsste unbedingt zu ihr nach Bochum kommen. Ich bin hingefahren, und als ich dort war, ging es ihr ganz plötzlich wieder supergut.«

Kim, Marie und Franzi sahen sich verblüfft an. Die Geschichte passte zu Ullis Mutter, nach allem, was sie über sie gehört hatten. Andererseits war seine Mutter das perfekte gefälschte Alibi. Sie würde ihren geliebten Sohn bedingungslos verteidigen, selbst wenn er einen Mord begangen hätte.

»Netter Versuch«, sagte Franzi schließlich. »Das hast du dir doch alles nur ausgedacht, um ein Alibi vorzutäuschen.«

Ulli raufte sich die Haare. »Wann hört ihr endlich auf damit? Wie oft soll ich es euch noch sagen? Ich war es nicht!«

Die drei !!! schwiegen hartnäckig.

Auf einmal leuchteten Ullis Augen. »Wartet! Ich kann es euch beweisen, dass ich am Sonntag nicht in der Stadt war. Ich hatte im Zug meine Kamera dabei und hab Fotos gemacht. Die Fotos sind in meinem Notebook gespeichert, mit Datum.« Hektisch griff Ulli nach seinem Notebook und klappte es auf. Nachdem er es hochgefahren hatte, erschien ein Gruppenbild der U17-Mannschaft auf dem Bildschirm. Ulli wollte es gerade wegklicken, da rief Marie: »Stopp! Lass mal sehen.«

Es war ein privater Schnappschuss, der vermutlich von einer Partynacht in einem Club stammte. Die Spieler waren verschwitzt und lachten. Einige hatten ihre Freundinnen im Arm. Marie zeigte auf einen rothaarigen Spieler am rechten Bildrand, der eine Blondine umschlungen hielt. »Das sind ja Kai und Jennifer! Ich dachte, Jennifer ist mit Bastian zusammen.«

Ulli nickte. »Klar, aber noch nicht lange. Früher waren Kai und Jennifer ein Paar.«

In Kims Kopf wirbelten die Gedanken durcheinander: Kai und Jennifer im Krankenhaus, ihre vertraute Begrüßung, ihr Lächeln, Kais Vorschlag, einen Kaffee trinken zu gehen, sein Griff nach Jennifers Arm … Auf einmal fiel es Kim wie Schuppen von den Augen.

Ulli räusperte sich. »Also wenn ihr mich fragt, läuft da immer noch was zwischen Jennifer und Kai. Die werfen sich dauernd heimlich Blicke zu und tuscheln miteinander, sobald Bastian mal nicht hinsieht.«

»Du meinst, die Trennung war nur Show?«, fragte Marie.

»Gut möglich«, sagte Ulli. »Erst vor zwei Wochen hat Kai Jennifer ein Handy geschenkt, damit sie ihn immer erreichen kann und …« Er hörte mitten im Satz auf zu reden und schlug sich auf den Oberschenkel. »Da habt ihr euer Handy! Es war gar keiner aus dem Team, es war Jennifer! Sie hat die SMS an Bastian geschrieben.«

Franzi glaubte Ulli immer noch nicht. Er wollte doch nur den Verdacht von sich ablenken und jemand anderem die Schuld in die Schuhe schieben. »Und warum sollte Jennifer das tun?«, fragte Franzi. »Sie hat doch gar kein Motiv.«

»Natürlich hat sie eins«, sagte Ulli. »Kai ist

auch noch nicht fest im Team. Jennifer liebt Kai immer noch und hat sich nur auf die Beziehung mit Bastian eingelassen, weil sie ihn aus dem Team kicken will. Sie ist zu so was fähig, glaubt mir! Die Frau spinnt dauernd irgendwelche Intrigen. Mich hat sie auch mal bei einem anderen Kollegen aus dem Team schlechtgemacht.«

Die drei !!! sahen sich an. Waren sie etwa die ganze Zeit auf der falschen Spur gewesen? Kim wurde schwindelig. Auf einmal fügte sich ein Puzzleteilchen zum anderen. Warum war sie nicht viel früher drauf gekommen? Der Haargummi passte viel besser zu einer Frau als zu einem Mann und Jennifer trug Pferdeschwanz. Und noch etwas fiel Kim plötzlich ein: Hatte Bastian nicht irgendwann mal gesagt, die SMS sähen Ulli gar nicht ähnlich, er sei normalerweise sehr direkt? Mobbing und Intrigen passten tatsächlich viel besser zu einer Frau. Aber das hieße ja, dass Ulli die Wahrheit gesagt hatte und dass sie ihn fälschlicherweise verdächtigt hatten!

Kim wurde rot. Sie hasste es, anderen Leuten unrecht zu tun. Trotzdem wollte sie als Detektivin eine letzte Klarheit haben. »Zeigst du uns die Fotos, die du auf deiner Reise nach Bochum gemacht hast?«

»Klar«, sagte Ulli und öffnete die Datei.

Falsches Spiel

»Ist es nicht wahnsinnig nett von Bastian, dass er uns eingeladen hat?«, fragte Franzi. Sie skatete neben Kim und Marie, die mit den Rädern ins Naherholungsgebiet der Stadt unterwegs waren, und düste dauernd voraus, weil es ihr nicht schnell genug ging. »Ein Grillfest für die Juniorenmannschaft und ihre engsten Freundinnen und Freunde – und wir sind dabei!«

Marie lachte. »Natürlich sind wir dabei! Hast du schon vergessen, dass wir VIPs sind?« Marie nahm beide Hände vom Lenker und strich sich die vom Wind zerzausten Haare glatt.

»Vor allem sind wir Detektivinnen«, stellte Kim fest, »und Bastian will, dass wir den Fall endlich lösen. Ich kann's auch kaum erwarten, Jennifer zu überführen.«

Franzi bremste ab, um auf ihre Freundinnen zu warten, und seufzte. »Armer Bastian! Das wird ein ganz schön harter Schlag für ihn. Noch glaubt er ja, dass Ulli der Täter ist. Vielleicht hätten wir ihn doch lieber vorwarnen sollen.«

Insgeheim malte Franzi sich schon aus, wie sie Bastian trösten würde.

»Vorwarnen? Bloß nicht!«, sagte Marie. »Dann vermasselt er womöglich alles oder nimmt Jennifer in Schutz. Nein, wir machen es genau so, wie wir es besprochen haben.«

»Dann sollten wir uns aber beeilen«, sagte Franzi. »Sonst kommen wir noch zu spät!« Sie düste wieder voraus und bog in die Uferstraße ein, die hinunter zum Fluss führte. Hier reihte sich eine schicke Villa an die nächste. Jede hatte ein riesiges, parkähnliches Grundstück mit direktem Zugang zum Fluss. Bastian hatte ihnen den Weg gut beschrieben. Die größte Villa am Ende der Straße musste es sein. Das schneeweiße Gebäude mit der Doppelgarage und den spitzen Giebeln gehörte eigentlich dem 1. FC, aber Bastians Onkel kannte den Vereinsvorsitzenden und durfte es für die Juniorenmannschaft nutzen. Aus dem Garten hinter dem Haus wehten bereits verführerische Rauchschwaden herüber.

Kim lief das Wasser im Mund zusammen. »Hoffentlich haben wir hinterher noch Zeit, ein Steak zu probieren!«

»Ich versprech dir, dass ich dir ein riesiges Steak organisiere«, sagte Marie, »aber erst kommt die Arbeit, dann das Vergnügen!« Marie und Kim stellten ihre Räder ab und Franzi tauschte ihre

Inliner gegen die neuen Sneakers, die sie extra für heute gekauft hatte. Die Detektivinnen hatten sich sorgfältig geschminkt, um älter auszusehen. Sie trugen teure Freizeitklamotten eines Sportartikelherstellers, die Marie ihnen aus ihrem unerschöpflichen Kleiderschrank geliehen hatte. Aufgeregt klingelten sie. Es summte und das große, schmiedeeiserne Tor schwebte wie von Geisterhand zur Seite.

Es war der perfekte Sommerabend für ein Grillfest. Den ganzen Tag hatte die Sonne geschienen und das Thermometer war auf 30 Grad geklettert. Jetzt kühlte die Luft langsam ab, es war aber immer noch warm genug, dass man keine Jacke brauchte. Die drei !!! folgten den Rauchschwaden in den hinteren Teil des Grundstücks. Der Garten war größer, als sie erwartet hatten. Neben dem riesigen Partyzelt war sogar noch Platz für ein Fußballfeld. Luca, Ulli und ein paar andere Spieler kickten sich locker den Ball zu. Der Rest der Juniorenmannschaft hatte sich zusammen mit Freunden und dem Trainer um den mannshohen Grill versammelt. Zunächst bemerkte keiner Kim, Franzi und Marie, doch dann kam Tommy auf sie zu.

»Hi!«, begrüßte er Marie mit einem strahlenden Lächeln. »Na, wie geht's?«

»Super!«, sagte Marie und hakte sich bei Tommy unter. »Ist das schön, dich wiederzusehen! Tommy, du bist der Beste! Könntest du uns vielleicht einen klitzekleinen Gefallen tun?«

Der Bodyguard grinste. »Klar, alles, was du willst!«

Marie stellte sich auf die Zehenspitzen und flüsterte Tommy ins Ohr: »Wir müssten uns später mal kurz zurückziehen. Wo ist denn hier der beste Ort für ein ungestörtes Gespräch?«

»Ihr wollt ungestört sein? Kein Problem«, sagte Tommy. »Da geht ihr am besten ins Haus in den Wintergarten. Im Erdgeschoss, in der Eingangshalle links, gleich hinter dem Wohnzimmer.«

Marie hauchte Tommy einen Luftkuss zu. »Tausend Dank für den Tipp! Jetzt habe ich aber einen Bärenhunger. Man sieht sich. Ciao!« Damit stöckelte sie auf ihren hochhackigen Sandalen über den Rasen davon.

Kim und Franzi folgten ihr. Ein Kellner bot ihnen auf einem Tablett einen Aperitif an. Die drei !!! entschieden sich für einen exotischen Fruchtcocktail. Mit den Gläsern in der Hand schlenderten sie auf und ab und beobachteten dabei unauffällig die Gäste. Bastian saß händchenhaltend mit Jennifer in einem der aufgestellten Strandkörbe. Als er die drei !!! entdeckte, blitzten seine Augen kurz auf, aber er tat so, als würde er sie nicht kennen. Das hatten sie vorher mit ihm vereinbart, um nicht aufzufallen.

»Dein Glas ist ja leer, Süße!«, sagte Bastian gerade. »Soll ich dir was zu trinken holen?«

Jennifer hielt ihm ihr Glas hin. »Oh ja, das wäre wunderbar!« Bastian verschwand und Jennifer schlug ihre schlanken Beine übereinander. Sie war mit Abstand das eleganteste Mädchen des Abends. Während die anderen Spielerfreundinnen legere Freizeitkleidung anhatten, trug Jennifer ein schwarzes Etuikleid, wertvollen Goldschmuck und knallrote Pumps. Damit zog sie natürlich viele Blicke auf sich: neidische von den Mädchen und bewundernde von den Jungs. Ein Junge konnte den Blick überhaupt nicht von ihr lösen: Kai. Er stand an einem Bistrotisch in der Nähe und prostete Jennifer lächelnd zu. Als Jennifer eine abwehrende Geste machte, vertiefte sich sein Lächeln. Prompt wurde Jennifer rot und Kai zwinkerte ihr geheimnisvoll zu. Die Luft zwischen den beiden knisterte noch stärker als das Feuer im Grill.

In Kims Hand surrte es leise. Sie hatte mit ihrer Digitalkamera die entscheidenden Momente festgehalten.

Da kam auch schon Bastian zurück. Sofort drehte sich Jennifer von Kai weg und Kai ging hinüber zum Grill.

»Danke dir, du bist so lieb!«, sagte Jennifer und gab Bastian ein Küsschen auf die Nasenspitze.

Bastian sah seine Freundin verliebt an. Kim seufzte. Der Arme! Noch ahnte er nicht, was für ein hinterhältiges Spiel seine »süße« Jennifer mit ihm trieb. Plötzlich musste Kim wieder an Michi denken. Spielte er auch ein falsches Spiel mit ihr? Der Gedanke war so schrecklich, dass sie ihn schnell verdrängte.

Da klatschte Hannes in die Hände. »Bevor wir zum gemütlichen Teil des Abends übergehen, habe ich noch ein paar wichtige Neuigkeiten für das Team.«

Luca, Ulli und die anderen hörten auf zu spielen und Bastian ließ Jennifer ein zweites Mal alleine.

Während der Trainer einen Zettel aus seiner Hosentasche holte und einige spieltechnische Details bekanntgab, zischte Franzi Marie und Kim zu: »Das ist die Gelegenheit!«

Marie nickte und Kim flüsterte: »Nichts wie los!«

Die drei !!! stellten ihre Gläser ab und steuerten auf Jennifer zu. »Hiii!«, sagte Marie. Lässig ließ sie sich neben Bastians Freundin in den Strandkorb sinken und räkelte sich genüsslich. »Ein toller Abend, oder?«

Jennifer zog eine perfekt gezupfte Augenbraue hoch und machte: »Hmm …« Sie schien nicht besonders begeistert über die Gesellschaft zu sein.

Kim kicherte leise. »Aber es geht schon wieder nur um Fußball. Schrecklich, oder?«

»Unsere Jungs haben nichts anderes im Kopf!«, legte Franzi nach.

Jetzt musste Jennifer lächeln. »Stimmt! Ehrlich gesagt, langweile ich mich ziemlich.«

Marie gähnte demonstrativ. »Wir schlafen auch gleich ein. Weißt du was? Hast du Lust, ins Haus zu gehen? Tommy hat mir verraten, dass im Wintergarten jede Menge Modemagazine herumliegen. Die Frau des Vereinsvorsitzenden ist nämlich Model.« Letzteres hatte Kim vorher im Internet recherchiert, aber ob es im Wintergarten tatsächlich Modemagazine gab, war reine Spekulation.

Jennifer sah sich suchend nach den Spielern um. Als sie merkte, dass die immer noch ihrem Trainer zuhörten, nickte sie. »Okay, warum nicht? Das scheint ja hier noch länger zu dauern.« Sie klemmte sich ihre Handtasche unter den Arm und folgte den Detektivinnen ins Haus.

Kim warf Marie und Franzi hinter Jennifers Rücken einen erleichterten Blick zu. Das war ja superleicht gewesen!

Die Luft im Inneren der Villa war wesentlich kühler als im Garten. Es roch dezent nach einem frischen, blumigen Raumduft. Marie durchquerte völlig selbstverständlich die große Eingangshalle und das elegante Wohnzimmer. Wenn man Marie so sah, hätte man sie glatt für die Gastgeberin des Hauses halten können.

»Hereinspaziert!«, sagte sie und machte eine einladende Handbewegung.

Jennifer betrat den Wintergarten. Lautlos schlossen Kim und Franzi hinter ihr die Tür. Jennifer bewunderte die Palmen in den großen Pflanzkübeln. Dann ging sie hinüber zu den Korbsesseln. Auf dem Couchtisch lagen jedoch statt Modemagazinen nur eine silberne Schale mit Süßigkeiten und Fußballzeitschriften.

»Aber hier sind ja gar keine Modemagazine!«, stellte Jennifer irritiert fest.

»Echt?« Marie schüttelte den Kopf. »Dann muss Tommy sich wohl getäuscht haben. Egal! Wir machen es uns gemütlich und quatschen ein bisschen!«

»Ich weiß nicht …«, sagte Jennifer, doch Franzi schob ihr schon einen Sessel hin und Kim reichte ihr die Süßigkeitenschale. Jennifer nahm sich ein Bonbon. Dann sah sie die drei !!! zum ersten Mal genauer an. »Mit wem seid ihr eigentlich zusammen? Ich hab euch noch nie gesehen.«

»Wir sind Freundinnen von Bastian«, sagte Kim. »Wir haben ihn vor zwei Wochen beim Public Viewing kennengelernt, beim WM-Finale.«

Marie hatte Jennifers eifersüchtigen Blick bemerkt und lächelte. »Keine Angst! Wir wollen nichts von Bastian, wir sind alle schon vergeben. Er hat uns als Detektivinnen engagiert, das hat er dir sicher erzählt, oder?«

Jennifer nickte erleichtert. »Ach so, ja, ich weiß.«

»Die Ermittlungen laufen gut, aber wir machen uns große Sorgen um Bastian«, sagte Marie. »Er war so traurig neulich. Er glaubt, du liebst ihn nicht mehr … nein, warte! Er hat sich noch komischer ausgedrückt. Er glaubt, du hättest ihn wahrscheinlich nie geliebt, sondern immer nur Kai.«

Jennifer fiel das Bonbonpapier aus der Hand. Während es zu Boden segelte, wurde Jennifer blass. »Nein! Das hat er gesagt? Wie kommt er denn bloß darauf?«

Kim zuckte mit den Schultern. »Keine Ahnung! Vielleicht liegt es daran, dass es ihm nicht gut geht. Kein Wunder, ich wäre auch durch den Wind, wenn ich dauernd diese fiesen SMS bekommen würde, von einem Feigling, der ein Vertragshandy mit Nummernunterdrückung benutzt. Und dann auch noch die Sache mit dem Fitnessgerät. Der Täter hat fast alle Spuren ver-

wischt, nur den Haargummi hat er vergessen.«
Kim griff in ihre Hosentasche und schwenkte den Haargummi vor Jennifers Augen.

»Ulli!«, murmelte Jennifer hasserfüllt.

Franzi schüttelte den Kopf. »Der Täter war eine Frau. Eine blonde, attraktive Frau mit Pferdeschwanz und einem Handy, das sie von Kai geschenkt bekommen hat.«

Jennifer starrte die drei !!! an. Sie brauchte ein paar Sekunden, bis die Botschaft bei ihr ankam. Dann schnappte sie nach Luft. »Ihr seid völlig verrückt!«

»Das sind wir ganz bestimmt nicht«, sagte Marie ruhig. »Wir wissen, dass du Kai immer noch liebst. Wir haben dich mit ihm im Krankenhaus gesehen und wir haben euch heute beobachtet, wie ihr heimlich geflirtet habt.«

Jennifer lachte schrill. »Geflirtet? Nie im Leben!«

»Gib es doch endlich zu!«, sagte Franzi. »Du willst Bastian aus dem Team rauskicken, damit Kai zur Junioren-WM mitfahren darf. Deshalb hast du ihm die fiesen SMS geschickt. Und deshalb hast du auch das Fitnessgerät manipuliert. Zu dumm, dass dir dabei ein Teil vom Schraubenzieher abgebrochen ist. Technik ist anscheinend nicht deine Stärke. Und dann hast du auch noch deinen Haargummi verloren.«

»Ich war es nicht!«, rief Jennifer. »So einen billigen Haargummi würde ich nie benutzen.«

»Aber gemeine SMS würdest du schon verschicken?«, fragte Kim. »Ist das übrigens das Handy, das Kai dir geschenkt hat?« Während des Gesprächs war Jennifers Handtasche vom Stuhl gerutscht, auf den Boden gefallen und aufgegangen.

Jennifer sprang so hastig in die Höhe, dass sie mit einem Schuh umknickte. »Gib das sofort her!«

»Gleich«, sagte Kim. Geschickt wich sie aus und checkte blitzschnell die gesendeten Nachrichten. »Und was ist das, bitte? Kannst du uns das erklären?« Sie hielt Jennifer das Handy hin und las laut vor:

Die Schonfrist ist vorbei, das weisst du, oder? Sorry, aber du hast es so gewollt. Jetzt werden härtere Bandagen angelegt.

Jennifer riss Kim das Handy aus der Hand. »Die SMS ist nicht von mir! Die hab ich nie verschickt.« Sie las den Text noch mal und lachte plötzlich schallend. »Da ist ja ein Rechtschreibfehler drin: ›weisst‹ schreibt man mit ›ß‹. Ich habe in Deutsch eine glatte Eins, so was würde mir nie passieren.«

»Die billigen Ausflüchte kannst du dir sparen«, sagte Marie.

Jennifer schüttelte den Kopf. »Das sind keine Ausflüchte!« Sie starrte auf das Handy. Dann sagte sie aufgeregt: »Es gibt nur einen Menschen, den ich kenne, der die Macke hat, immer ›ss‹ statt ›ß‹ zu schreiben. Ich weiß das, weil ich mit ihm zusammen war.«

Kim verdrehte genervt die Augen. Jennifers Argumente wurden immer haarsträubender. »Warum machst du es uns so schwer? Warum gibst du nicht endlich zu, dass du die Beziehung mit Bastian nur zum Schein eingegangen bist und Kai immer noch liebst?«

»Ich liebe Kai nicht!«, rief Jennifer entrüstet. »Ich hab mit ihm Schluss gemacht, weil er immer mehr geklammert hat. Aber er will es nicht kapieren, egal wie oft ich ihm sage, dass ich nichts mehr von ihm wissen will. Er belästigt mich ständig, schickt mir Blumen und SMS, ruft dauernd an oder will mich einladen. Langsam entwickelt er sich zu einem richtigen Stalker. Und dann hat er mir auch noch dieses Handy aufgedrängt. Ich hab es nur angenommen, weil ich meines gerade verlegt hatte und das Handy ein ziemlich cooles Teil ist. Kai hat sich für mich in Unkosten gestürzt.«

Kim sah Jennifer an. Die letzten Sätze schienen immer noch wie die Sprechblase eines Comics an ihrem Mund zu hängen. Plötzlich erinnerte sich Kim an ein Detail, das sie bisher vernachlässigt hatte. Hastig kramte sie in ihrer Tasche und holte Ullis Tabelle heraus. Die Aufzeichnungen über Kai waren fast so ausführlich wie die über Bastian. Dort stand: »besitzergreifend, klammert, extrem ehrgeizig, würde wahrscheinlich auch über Leichen gehen, um bei der WM mitmachen zu können.« Kim ließ den Zettel sinken und murmelte: »Es ist wirklich Kai!«

Die Rosenfalle

Mitten auf der gepflasterten Einfahrt vor der Garage fing Marie plötzlich an zu tanzen und sang mit tiefer, heiserer Stimme: »Für mich soll's rote Rosen regnen. Mir sollten sämtliche Wunder begegnen …« Dabei griff sie in Kims Tasche und verstreute mit beiden Händen Rosenblütenblätter auf dem Boden.

Franzi, die ein Stück weiter weg am Gartentor stand und ebenfalls Rosen verteilte, musste kichern. Marie war einfach unglaublich. Sie konnte nicht nur super singen, sondern auch die Sängerin Hildegard Knef perfekt nachahmen. Vielleicht wurde sie später doch Sängerin oder Schauspielerin und nicht Detektivin.

Kim fand Maries spontane Showeinlage auch ziemlich gut. Trotzdem wurde sie ihre Nervosität nicht los. Zu viel stand heute auf dem Spiel. Unruhig tippte Kim auf ihre Armbanduhr. »Los, beeilt euch! Es ist gleich so weit.«

»Schon fertig!«, sagte Marie.

Die drei !!! betrachteten zufrieden ihr Werk.

Die Rosenblütenblätter-Spur begann auf dem Gehsteig vor der Doppelhaushälfte, die Jennifer mit ihren Eltern bewohnte. Sie führte in Schlangenlinien vom Gartentor zur offen stehenden Garage und endete direkt vor Jennifers pinkfarbenem Roller.

Kim ließ das letzte Rosenblütenblatt auf den Lenker schweben. Dabei musste sie wieder an Michi denken. Seit Tagen versuchte er, sie zu erreichen, aber sie wollte nicht mit ihm reden. Außerdem hatte sie sowieso keine Zeit. Da kam Jennifer durch die hintere Garagentür. Sie trug ein atemberaubendes weißes Sommerkleid mit tiefem Rückenausschnitt und eine Kette mit einem goldenen Herz, die Kai ihr geschenkt hatte, als sie beide noch glücklich verliebt gewesen waren. »Das sieht ja toll aus!«, sagte Jennifer. »Ihr seid genial. Danke!«

»Wir müssen dir danken«, gab Kim zurück. »Ohne deine Hilfe wären wir aufgeschmissen. Nur weil du mitmachst, kann unser Plan überhaupt funktionieren.«

Jennifer winkte lächelnd ab. »Schon gut! Ist mir ein Vergnügen. Endlich kann ich mich für Kais Stalkeraktionen rächen. Er ist wirklich naiv. An seiner Stelle hätte ich mich über die SMS ganz schön gewundert. Erst will ich nichts von ihm wissen und plötzlich laufe ich ihm nach.«

»Tja« sagte Marie mit einem Zwinkern in den Augenwinkeln. »Männer sind eben doch einfach gestrickt!«

Auch sie war allerdings anfangs skeptisch gewesen, ob Kai den Köder schlucken würde. Jennifers SMS war ganz schön dick aufgetragen.

Lieber Kai,
lange habe ich geglaubt, unsere Liebe ist für immer und ewig zerbrochen. Aber ich kann dich einfach nicht vergessen. Vielleicht gibt es ja doch noch eine Chance für uns! Willst du zu mir kommen und mir helfen? Mein Roller ist kaputtgegangen. Ich glaube, eine Schraube ist abgebrochen. Bringst du deinen Werkzeugkoffer mit? Vielleicht kannst du ja nicht nur meinen Roller, sondern auch unsere Liebe reparieren! Morgen um 16 Uhr? Ich warte sehnsüchtig auf dich.
Jennifer

Kaum hatte Jennifer die SMS abgeschickt, hatte Kai auch schon geantwortet.

Liebste Jennifer,
welche Frage? Ich würde alles für unsere Liebe tun! Ich komme – mit Werkzeugkoffer und rasendem Herzklopfen. Kann es kaum erwarten!
Dein Kai

»Ich glaube, jetzt solltet ihr aber lieber in Deckung gehen«, sagte Jennifer. »Kai ist immer überpünktlich.«

»Schon verstanden!«, sagte Franzi.

Die drei !!! liefen zu ihrem perfekt getarnten Versteck. Hinter der Mülltonne und den drumherum aufgestapelten Kartons würde Kai sie garantiert nicht entdecken. Schnell duckten sie sich und kauerten sich dicht nebeneinander. Durch die Löcher, die sie vorher in einen der Kartons geschnitten hatten, konnten sie die Szene trotzdem gut überblicken. Kaum hatte Kim das Aufnahmegerät gestartet, hörten sie auch schon eilige Schritte. Das Gartentor ging quietschend auf und Kai kam freudestrahlend an, in der einen Hand den Werkzeugkoffer, in der anderen einen großen Strauß Wiesenblumen.

»Jennifer!«, sagte er. Seine Stimme zitterte vor freudiger Erwartung. Er wollte noch mehr sagen, aber plötzlich gingen ihm die Worte aus. Stattdessen stellte er seinen Werkzeugkoffer ab und hielt Jennifer den Blumenstrauß hin.

Sie nahm ihn entgegen und steckte kurz ihre Nase hinein. »Hmm ... die duften aber gut. Danke dir! Das wäre aber wirklich nicht nötig gewesen.«

Kai räusperte sich verlegen. »Natürlich war das nötig!« Dann entdeckte er die Rosenblüten auf dem Boden. »Warst du das ... ich meine, hast du die ... äh ... wunderschönen Rosen ... sind die etwa für mich?«

»Natürlich sind die für dich«, sagte Jennifer lächelnd und spielte mit dem goldenen Herz an ihrer Kette. Wenn die drei !!! es nicht besser gewusst hätten, wären sie glatt auf ihre »Ich-bin-ja-so-verliebt-in-dich«-Show hereingefallen.

Kai jedenfalls war völlig hin und weg. Er trat von einem Fuß auf den anderen. Schließlich gab er sich einen Ruck, machte einen Schritt auf Jennifer zu und breitete die Arme aus. »Endlich stehst du zu unserer Liebe und wehrst dich nicht mehr dagegen! Ich hab so lange auf diesen Augenblick gewartet. Jennifer, süße kleine ...«

Schnell wich Jennifer aus und lachte verschmitzt. »Du wolltest doch meinen Roller reparieren! Erst die Arbeit, dann das Vergnügen ...«

»Deinen Roller?« Kai brauchte eine Weile, bis er wieder in der Realität angekommen war. »Ach so, ja, klar ... Zeig mal! Wo ist denn die Schraube abgebrochen?«

»Hier, glaube ich«, sagte Jennifer. Sie deutete auf eine Stelle in der Nähe des Auspuffs.

Kai nickte. »Dann wollen wir mal.« Er setzte sich auf das Pflaster vor den Roller und sah sich die Stelle an. Besonders konzentriert war er allerdings nicht dabei. Immer wieder wanderten seine Augen sehnsüchtig zu Jennifer hinüber.

»Und? Siehst du was?«, fragte Jennifer.

Kai schüttelte den Kopf. »Noch nicht …« Mit hochrotem Kopf beugte er sich wieder über den Roller. »Jetzt seh ich es!« Doch statt etwas zu tun, ließ er die Hände in den Schoß sinken.

Jennifer seufzte. »Vielleicht solltest du mal deinen Werkzeugkoffer aufmachen?«

»Stimmt, du hast recht!« Kai wurde noch röter. Er griff so ungeschickt nach seinem Werkzeugkoffer, dass der umkippte. Nachdem er ihn wieder aufgestellt hatte, brauchte Kai ewig, bis er endlich den Verschluss geöffnet hatte.

Kim, Franzi und Marie hielten den Atem an. Jetzt klappte der Koffer in der Mitte auf und eine Reihe orangefarbener Griffe leuchteten den drei !!! entgegen.

»Ich hab's gewusst!«, flüsterte Franzi.

Marie knuffte sie in die Seite und zischte: »Pssst!«

Ihre Angst, Kai könnte etwas gehört haben, war völlig unbegründet. Kai verschlang Jennifer schon wieder mit seinen Blicken und hatte nur Augen und Ohren für sie.

»Ich glaube, du solltest eins von deinen Werkzeugen benutzen, wenn du meinen Roller reparieren willst«, erinnerte ihn Jennifer.

»K…klar …«, stammelte Kai.

Jennifer verschränkte die Arme vor der Brust und zwinkerte Kai zu. »Ich geh mal kurz ins Haus. Ich will dich nicht ablenken. Wenn du fertig bist, rufst du einfach nach mir, okay? Dann komme ich wieder.«

Kai nickte. Die Aussicht auf einen Kuss als Belohnung beflügelte ihn. Sobald Jennifer weg war, arbeitete er hochkonzentriert. Er sichtete sein Werkzeug und griff nach einem Schraubenzieher, an dessen Griff ein Stück Plastik fehlte.

Kim sah es zuerst und gab Franzi und Marie ein Zeichen. Die Detektivinnen zählten leise bis drei, dann kamen sie aus ihrem Versteck.

»Hallo, Kai!«, sagte Marie im lockeren Plauderton. »Wie nett, dich hier zu treffen!«

Kai fuhr herum und starrte die drei !!! entgeistert an.

»Na, kommst du gut voran?«, fragte Kim.

Kai ließ den Schraubenzieher sinken. »Was wollt ihr denn hier?« Er war alles andere als begeistert. »Euch kenne ich doch! Wir haben uns schon irgendwo gesehen …«

»Im Krankenhaus«, half Franzi ihm auf die Sprünge. »Du wolltest deinen besten Freund Bastian besuchen.«

Marie wickelte eine Haarsträhne um ihren Finger. »Ich hab dir damals schon gesagt, wir würden uns bald kennenlernen. Erinnerst du dich?«

»Ja, schon«, murmelte Kai leicht genervt. »Aber ich hab jetzt leider überhaupt keine Zeit für euren Kinderkram.«

Kim ignorierte die Bemerkung. »Es dauert nicht lange«, versprach sie und zeigte auf den Griff von Kais Schraubenzieher. »Oh, da fehlt ja ein Teil! Kann es sein, dass du das hier verloren hast?« Sie holte ein Plastiktütchen aus ihrer Hosentasche und hielt es Kai unter die Nase.

»Ja, kann sein«, sagte Kai gedankenverloren. Plötzlich wurde er blass und seine Augen fingen an zu flackern. »Wo habt ihr das her?«

»Aus dem Fitnessraum des *Hotel Olympia*«, antwortete Marie. »Du hast es dort verloren, als du das Fitnessgerät manipuliert hast, um deinen besten Freund zu verletzen. Wir hätten da ein paar Fragen an dich ...«

Weiter kam sie nicht. Blitzschnell sprang Kai auf und wollte zum Gartentor sprinten. Er kam nur drei Schritte weit, dann stolperte er über Franzis Bein, das zufällig im Weg stand.

»Oh, Entschuldigung!« Franzi tat so, als sei sie bestürzt über ihr Missgeschick.

Kai rappelte sich auf und starrte die drei !!! wütend an. »Was soll das? Was wollt ihr von mir?« Er sah sich suchend um und entdeckte Jennifer, die gerade aus dem Haus kam. »Schatz, hilf mir, bitte! Diese Mädchen sind total verrückt. Die wollen mir die Schuld für Bastians Unfall in die Schuhe schieben.«

»Und die Drohungen per SMS«, fügte Kim hinzu. »Und den gefälschten Trainingsplan. Wir wissen alles und wir haben auch die Beweise dazu. Nur eine Sache möchten wir noch von dir wissen: Wie hast du es angestellt, von Jennifers Handy die SMS zu schicken? Hast du sie vorher als Entwurf gespeichert und dir dann jedes Mal ihr Handy kurz ausgeliehen?«

Kai zuckte zusammen. Wieder flackerten seine Augen und Kim wusste, dass sie ins Schwarze getroffen hatte.

»Bitte, hilf mir doch!«, sagte Kai und sah Jennifer flehend an. Jennifer schüttelte den Kopf. »Tut mir leid. Die Suppe hast du dir selbst eingebrockt.« Sie zog sich ihre Kette über den Kopf und warf sie Kai vor die Füße. »Wie konntest du mich da mit reinziehen? Und wie konntest du Bastian das bloß antun? Deinem besten Freund!«

Kai sank vor ihr auf die Knie und stöhnte. »Ich wollte das nicht! Es tut mir alles so leid!«

»Dein Mitleid kommt ein bisschen spät, findest du nicht?« Marie war hinter Kai getreten und legte ihm die Hand auf die Schulter. »Du hast zwei Möglichkeiten: Entweder rufen wir jetzt die Polizei oder du kommst freiwillig mit aufs Präsidium, um dich selbst anzuzeigen.«

Doppelter Sieg

»Ulli vor, noch ein Tor!«, brüllte Kim. Sie sprang von der Tribüne hoch, packte Michis Hand und riss ihn mit sich.

Ulli hatte gerade einen Gegenspieler des 1. FC ausgetrickst und stürmte auf das Tor zu. Ein Verteidiger kam ihm in die Quere, doch auch den trickste er aus. Dann sah Ulli, dass Luca frei stand, und passte zu ihm. Luca passte zurück. Die Lücke zwischen den Gegnern vor dem Tor war winzig, aber Ulli schoss den Ball mitten hindurch. Eine Sekunde später zappelte er im Netz.

»Tor, Tor, Tor!«, brüllte Kim. Sie trampelte mit den Füßen, jubelte und fiel Michi um den Hals.

»Du bist so süß!«, sagte Michi und drückte ihr einen Kuss auf die Wange. Kim wurde rot. Nach dem Spiel musste sie endlich mit Michi reden.

Franzi sah Kim lachend an. »Dass *du* noch zum Fußballfan werden würdest, hätte ich nie gedacht!«

»Ich auch nicht«, gab Kim zu und dann musste sie Franzi und Marie ganz fest drücken, weil sie sich so für die Juniorenmannschaft freute.

»Das war das entscheidende Tor«, sagte Bastian, der neben den drei !!! auf der Tribüne saß und seine Teamkollegen anfeuerte. »Wie gerne wäre ich jetzt dort unten auf dem Platz!«

Franzi sah ihn mitfühlend an. »Ab nächster Woche bist du wieder dabei, ganz bestimmt!«

»Oder ich bin ganz draußen ...«, murmelte Bastian.

Franzi wollte ihm noch ein paar tröstende Worte sagen, kam aber nicht mehr dazu, weil Marie sich die Hand wie ein Megafon vor den Mund hielt und einen Sportreporter nachahmte: »Wir sind wieder live dabei. Tor in der 88. Spielminute im Freundschaftsspiel der U17-Nationalmannschaft gegen den 1. FC! Torschütze: Ulli Lang. Es steht 2:1 für die Junioren. Werden sie heute als Sieger vom Platz gehen? Die Spannung steigt. Noch einmal versucht der 1. FC einen Gegenangriff. Nein, es ist zu spät, viel zu spät. Da kommt der Schlusspfiff. Die Junioren haben gewonnen!« Marie schwenkte ihren Fanschal.

Ulli war so außer sich vor Freude, dass er einen Salto auf dem Rasen machte. Seine Mitspieler nahmen ihn in die Mitte, hoben ihn hoch und trugen ihn auf Händen. Die Fans tobten. Kim, Marie und Franzi jubelten. Selbst der 1. FC gönnte dem Gegner den wohlverdienten Sieg. Die Junioren fassten sich an den Händen, liefen zur Fankurve und machten die Welle. Kim machte begeistert mit. Sie genoss die Stimmung in vollen Zügen. Der schönste Moment war für sie, als Ulli den drei !!! zuwinkte. Und für Franzi war der schönste Moment, als Bastian sie umarmte und gar nicht mehr loslassen wollte.

Marie war mit ihren Gedanken schon beim nächsten Highlight. »Jetzt wird richtig gefeiert!«, verkündete sie. »Wir müssen auf unseren doppelten Sieg anstoßen.«

Es dauerte noch eine ganze Weile, bis die drei !!! sich bei all den vielen Fans zum Ausgang durchboxen konnten. Aber weil sie sich beeilten, waren sie tatsächlich die Ersten beim Vereinsheim des 1. FC, in dem die Party stattfinden würde. Und dort kamen nur Leute rein, die auf der Gästeliste standen. Sorgfältig ausgewählte VIPs wie zum Beispiel Kim Jülich, Franziska Winkler und Marie Grevenbroich.

»Hi Tommy!«, rief Marie und gab dem Bodyguard zwei Küsschen auf die Wangen.

Tommy strahlte sie an. »Hi Marie! Toll siehst du aus. Trinken wir später was zusammen?«

»Klar«, sagte Marie, hielt aber schon mal nach anderen Flirtopfern Ausschau.

Die drei !!! wurden durchgewunken und betraten das Vereinsheim des 1. FC, ein großzügiges, modernes Gebäude, das erst vor zwei Jahren neu gebaut worden war. In der Halle, wo die Spieler im Winter trainierten, waren Tische und Bänke aufgestellt. An der Decke hingen Girlanden mit den Wimpeln des 1. FC und der U17-Mannschaft, ein riesiges Büfett wartete auf die hungrigen Gäste und eine Band war gerade beim letzten Soundcheck.

Bastian lotste die drei !!! zielstrebig zu einem Tisch gleich neben der Juniorenmannschaft. Er humpelte nicht mehr, sein Sprunggelenk war inzwischen wieder völlig geheilt, er musste es aber noch schonen. Kaum saßen Kim, Franzi und Marie auf ihren Plätzen, liefen die Spieler zusammen mit ihrem Trainer ein und wurden lautstark von den Fans begrüßt.

Franzi konnte es kaum glauben, dass sie alles hautnah miterleben durfte. »Tausend Dank für die Einladung und die tollen Plätze! Du bist so lieb zu uns, Bastian. Das haben wir doch gar nicht verdient.«

»Natürlich habt ihr das«, widersprach Bastian. »Ihr habt den Fall für mich gelöst. Danke! Ihr habt mich vor meinem schlimmsten Feind gerettet, der früher mal mein bester Freund war.« Sein Gesicht verdüsterte sich, als er an Kai dachte. Er konnte ihm nicht verzeihen, dass er ihre langjährige Freundschaft wegen der Karriere verraten hatte. Und er würde die schlimmen SMS und die Sabotage im Fitnessstudio nie vergessen.

»Wenigstens hat Kai sich freiwillig der Polizei gestellt und sich selbst angezeigt«, sagte Kim. »Kommissar Peters hält uns auf dem Laufenden. Wir geben dir natürlich sofort Bescheid, wenn wir wissen, ob ein Strafverfahren gegen ihn eröffnet wird.«

Bastian nickte. »Das hängt wahrscheinlich auch von Hannes und dem Team ab.«

Marie wusste, worauf Bastian anspielte. Immerhin war Kai so fair gewesen, zu Hannes zu gehen und sich freiwillig vom Team zu verabschieden. Vermissen würde ihn vermutlich trotzdem niemand.

»Apropos Trainer«, sagte Marie. »Ich glaube, dein Onkel will dich sprechen.«

Bastian drehte sich wie in Zeitlupe um. Die Anspannung der letzten Tage kam noch mal hoch. Er versuchte in Hannes' Gesicht zu lesen, konnte aber nicht herausfinden, ob die Botschaft seines Onkels positiv oder negativ ausfallen würde.

»Na, Bastian, wie hat dir das Spiel gefallen?«, fragte Hannes. Er sah seinen Neffen prüfend an und wartete auf eine Antwort.

Bastian räusperte sich. »Gut, sehr gut! Toller Teamgeist, tolle Spielzüge. Die Mannschaft wird immer besser, ein Erfolg auf ganzer Linie.«

»Finde ich auch«, sagte Hannes. »Nur eins hat leider gefehlt.« Sein Mund wurde wieder ganz schmal und streng.

»Ja, was denn?«, fragte Bastian unsicher.

Hannes sah Bastian mit seinen blauen Augen durchdringend an. »*Du* hast gefehlt!«

»Ich?« Bastian verschluckte sich an seiner eigenen Spucke und musste fürchterlich husten.

»Ja, du«, sagte Hannes. Der Trainer klopfte seinem Neffen auf den Rücken. »Heute Morgen ist die Entscheidung gefallen: Du bist fest im Team dabei und wirst zur WM mitfahren.«

»Nein!«, rief Bastian. Dann warf er beide Hände in die Luft und brüllte: »Ja, ja, ja!« Am Schluss fiel er seinem Onkel um den Hals und drückte ihn so fest, bis der lachend protestierte: »Freu dich nicht zu früh, Junge. Das Training wird hart werden, du hast ganz schön viel aufzuholen.«

»Kein Problem!«, sagte Bastian. »Ich hänge mich richtig rein. Ich werde alles geben, zweihundert Prozent, mindestens!«

Hannes grinste. »Das ist die richtige Einstellung.« Er klopfte seinem Neffen noch mal auf die Schulter und sah ihn bewundernd an.

Plötzlich machte es »Klick!«. Kim hatte den

feierlichen Moment mit ihrer Kamera festgehalten. Die drei !!! freuten sich wie die Schneekönige und gratulierten Bastian.

Franzi holte schnell Notizblock und Kugelschreiber aus der Tasche. »Ich wollte dich die ganze Zeit schon darum bitten, aber ich hab es mir immer wieder verkniffen, weil es dir so schlecht ging. Schenkst du mir ein Autogramm?«

»Klar«, sagte Bastian. Er nahm Franzis Kugelschreiber und schrieb mit schwungvoller Schrift: »Für Franzi, ohne die ich das alles nicht geschafft hätte. Dein Bastian.«

Franzi presste den Notizblock selig an sich und murmelte: »Danke, danke, danke …« Plötzlich bohrte sich ein spitzer Ellbogen in ihren Rücken. Zwei Jungen drängelten sich vor. Sie hatten rote Köpfe und keuchten.

»Wir wollen auch Autogramme!«, sagte Ben.

»Zwanzig Stück, wenn es geht«, sagte Lukas. »Für uns und für unsere Mitschüler.«

Kim rieb sich die Augen, weil sie es einfach nicht glauben konnte. »Was macht ihr denn hier? Wie seid ihr überhaupt reingekommen?«

Ben grinste sie an. »Durch den Eingang, wie sonst? Dieser Muskeltyp wollte uns nicht reinlassen, obwohl wir gesagt haben, dass wir deine Brüder sind.«

»Aber er war leider nicht schnell genug«, ergänzte Lukas. »Wir sind ihm einfach davongerannt.«

Kim war fassungslos. Merkten die Zwillinge nicht, wie oberpeinlich ihre Aktion war? Natürlich merkten sie es nicht, Kim musste sie erst mit der Nase darauf stoßen. »Na toll! Und da seid ihr jetzt auch noch stolz, was? Ihr lasst Bastian sofort in Ruhe und geht nach Hause. Ich zähle jetzt bis drei und dann seid ihr verschwunden, verstanden? Eins, zwei …«

»Lass sie!«, sagte Bastian. »Die sind doch lustig. Wie viele Autogramme wolltet ihr noch mal haben?«

»Fünfundzwanzig«, behauptete Ben frech.

Bastian schrieb tatsächlich geduldig 25 Autogramme und überreichte sie den freudestrahlenden Zwillingen. Die bedankten sich nicht einmal, sondern düsten einfach mit ihrer Beute ab.

»Nervensägen!«, stöhnte Kim. »Nie hat man seine Ruhe vor ihnen. Entschuldige, Bastian!«

»Kein Problem«, sagte Bastian. Dann sah er sich suchend um. »Jetzt muss ich euch aber alleine lassen, ich muss Jennifer unbedingt die tolle Nachricht erzählen.« Er beugte sich zu Kim vor und flüsterte ihr ins Ohr: »Sie ist wirklich die einzige Frau in meinem Leben. Und sie ist wunderbar, sie hat mir sogar den Ausrutscher mit Laura verziehen.«

»Freut mich für dich«, sagte Kim, aber Bastian war schon weg. Franzi musterte Kim eifersüchtig. »Habt ihr etwa Geheimnisse, ihr zwei?«

Kim winkte ab. »Das erzähl ich dir später. Jetzt muss ich Ulli gratulieren und …«

»Damit würde ich lieber warten«, sagte Marie. »Zuckerle telefoniert gerade mit seiner Mutter.«

Ulli hing tatsächlich am Handy. »Ja, Mama, wir haben gewonnen. Nein, Mama, ich hab jetzt keine Zeit für dich. Warum nicht? Nein, Mama, es geht wirklich nicht, weil …« Er wischte sich über die Stirn und suchte verzweifelt nach einer passenden Ausrede.

»Ich glaube, ich muss den Armen mal erlösen«, sagte Marie. Mit zwei Schritten war sie bei Ulli, schnappte sich sein Handy und sagte: »Es geht leider nicht, weil Ulli mit mir feiern muss. Er ruft morgen wieder an.« Sie schaltete das Handy aus und gab es Ulli mit einem Augenzwinkern zurück. »Wollen wir tanzen?«

Ulli lachte. »Unbedingt!«

Die beiden verschwanden in der Menge und Kim sah ihnen grinsend nach. Da spürte sie plötzlich Michis Hand auf ihrer Schulter. Als sie sich zu ihm umdrehte, sah er sie zerknirscht an. »Du, ich muss dir was beichten! Ich war im Fitnessstudio, weil du doch so von den durchtrainierten Fußballern geschwärmt hast. Am Anfang hab ich sogar dreimal die Woche trainiert, aber meine Muckis sind einfach nicht größer geworden. Und du hast auch überhaupt nichts gemerkt. Wäre es sehr schlimm für dich, wenn ich da nicht mehr hingehe?«, beendete er sein Geständnis atemlos.

Kim fiel ein Riesenstein vom Herzen. »Überhaupt nicht!«, sagte sie, streichelte Michis Oberarm und flüsterte ihm ins Ohr: »Ich liebe dich, so wie du bist!«

»Echt?« Michi bedeckte ihr Gesicht mit Küssen.

Kim machte die Augen zu. Da war sie wieder, die rosarote Wolke, fast wie am ersten Tag, und Kim schwebte auf ihr davon – bis eine vertraute Stimme zu ihr sagte: »Franzi und ich wollen euch ja nicht stören, aber wir müssen unbedingt auf unseren erfolgreich gelösten Fall anstoßen!«